À LA VIE, À L'AMOUR

CARNETS, POÈMES, JOURNAUX INTIMES

Du même auteur

Mireille Darc, avec Lionel Duroy, *Tant que battra mon cœur*, Mémoires, Paris, XO éditions, 2005.
Mireille Darc, avec Lionel Duroy, *Mon père*, Paris, XO éditions, 2008.
Mireille Darc, avec Richard Melloul, *Une femme libre*, Paris, Flammarion, 2013.

Mireille DARC
Pascal DESPREZ

Avec la complicité de Nathalie Fiszman

À la vie, à l'amour

Carnets, poèmes, journaux intimes

ÉDITIONS DU SEUIL
57, rue Gaston-Tessier, Paris XIXe

CRÉDITS PHOTOGRAPHIQUES

PP. 8, 30, 46, 53, 57, 58, 62, 66, 70, 86, 93, 109, 115-118, 128-129, 136, 167, 169, 172, 179-180, 182-183, 185, 191, 197-199, 203, 212, 224, 228, 232, 243, 244, 251, 255, 256, 260, 264, 266 : © Olivier de Larue Dargere/éditions du Seuil. PP. 11, 18, 33, 38, 50, 61, 65, 69, 78, 130-133, 147, 220, 235, 247, 263 : © coll. part. Mireille Darc/Pascal Desprez. P. 12 : © Peter Knapp. P. 14 : © éditions du Seuil et © Olivier de Larue Dargere/Mireille Darc pour la photo de couverture du magazine. P. 17 : © Olivier de Larue Dargere et © Olivier de Larue Dargere/Mireille Darc pour les photos exposées. PP. 21, 25, 29, 81, 134-135, 150-151, 163, 223 : © Mireille Darc. P. 22 : détail d'une photo © Mireille Darc. P. 26 : © éditions du Seuil, et photo de la carte postale © DR. PP. 34, 37, 49 (les deux photos), 121, 148-149, 160, 166, 170, 173, 175, 178, 187, 211, 216, 239, 240, 247 : © DR. PP. 41, 74, 84, 85, 122, 123, 189, 259 : © Richard Melloul. P. 42 : © éditions du Seuil, centre : © coll. part. Mireille Darc/Pascal Desprez, bas : © DR. P. 45 : © éditions du Seuil, et photo encadrée © coll. part. Mireille Darc/Pascal Desprez. PP. 54 (les deux photos), 206-207, 231, 252 : © Francis Giacobetti. PP. 73, 208, 215, 219 : © Olivier de Larue Dargere/éditions du Seuil et © coll. part. Mireille Darc/Pascal Desprez pour la petite photo. P. 77 : © Olivier de Larue Dargere/éditions du Seuil et © Richard Melloul pour la photo sous cadre. P. 248 : © Olivier de Larue Dargere/éditions du Seuil et © Richard Melloul pour la photo posée. P. 82 : © Olivier de Larue Dargere/éditions du Seuil et © Benjamin Auger pour la photo au mur. PP. 87-91 : captures d'écran du documentaire *Les Liserons d'eau*, réalisation Mireille Darc, CBTV production. PP. 110-113 : © La Chaîne de l'Espoir. PP. 154-155 : © coll. part. Véronique de Villèle. P. 156 : © coll. part. Élisabeth Noyel. P. 159 : © Olivier de Largue Dargere, et © des dessins Gilles Durieux. P. 161 : Michel Lidvac. PP. 177, 181 : © Mireille Darc/Olivier de Larue Dargere. PP. 193, 195, 201 : © Olivier de Larue Dargere/éditions du Seuil, et photos de Mireille Darc © DR. P. 152-153 : © Bertrand Rindoff. P. 236 : © Jeanloup Sieff.

ISBN : 978-2-02-143117-9

www.seuil.com

Direction artistique : Olivier de Larue Dargere.

À la vie, à l'amour

« J'aime le vent, la vie qui nous emporte,
Sans savoir là où l'on va… »

Mireille Darc

Je dédie ce livre à

Cécil-Laurent et Clémentine, mes enfants, devenus aussi les enfants de Mireille, puisqu'elle les a adoptés le 9 juillet 2014.

Et à mes petits-enfants Valentin, Justine, Charles, Victoria-Katrine, nos petits-enfants.

Pascal Desprez

6

AVANT-PROPOS

Quand Mireille est partie, je suis devenu inconsolable. J'ai le sentiment que le temps ne guérit rien du tout. J'ai passé vingt ans à ses côtés. Je l'ai vécu comme une grande chance. Mireille était une femme exceptionnelle. Et je suis frappé, alors que je pars sur les traces de notre vie commune, que j'ouvre ses cahiers, que je caresse ses livres, les objets qu'elle aimait, que j'ouvre nos albums photos, je suis frappé par la grande force et par la beauté de ma femme. Pendant vingt ans, nous avons regardé dans la même direction. Nous avons pris soin l'un de l'autre, nous avons voyagé, nous avons partagé des repas, admiré des tableaux. Nous nous sommes promenés. Et tous ces moments mis bout à bout forment une vie, finalement. Nous n'avions pas besoin de nous raconter pour nous aimer.

Quand j'en ai eu la force, j'ai ouvert les boîtes, les albums de photos. Dans ses carnets, elle consignait pêle-mêle ses pensées intimes, des recettes de cuisine, ses rendez-vous. Elle y recopiait une phrase qui l'avait marquée, un poème qui l'avait touchée. Elle y parlait de ses rencontres, de ses appréhensions. Parfois, elle y raconte un voyage, par bribes, et certains carnets recèlent des poèmes. Ils lui ressemblent tant. Ils sont un concentré de ce qu'était Mireille : intenses, surprenants, généreux, et aussi très mystérieux.

Je les connais presque par cœur et, sans cesse, ils me questionnent. Tout comme ces objets qui appartenaient à Mireille, qu'elle chérissait, qui disaient quelque chose d'elle et dont je ne sais rien.

Cela peut paraître étrange, mais j'ai la sensation qu'une part d'elle m'échappe. Elle détestait parler d'elle-même, et c'est un de ses paradoxes.

Elle qui a été une grande actrice est bien loin de l'idée qu'on se fait d'une telle star. Elle était l'anti-Narcisse, toujours tournée vers les autres, en questionnement permanent. Elle était curieuse de tout, à la fois fragile, douce, et d'une force à renverser les montagnes. Elle était toujours belle, de mille façons. Même lorsqu'elle était affaiblie, les semaines qui ont précédé sa mort, elle demandait aux gens qui lui rendaient visite comment ils allaient. Elle a écrit des poèmes jusqu'au bout, et ses derniers mots me bouleversent.

On a beaucoup parlé de sa robe dénudée jusqu'aux fesses qu'elle portait dans *Le Grand Blond*. On a beaucoup écrit sur son couple avec Alain Delon. Et pourtant, cette Mireille-là avait mué depuis longtemps. La femme que j'ai épousée n'a cessé de se réinventer. C'est cette Mireille que j'ai envie d'évoquer, à travers ses objets intimes, nos photos, ses textes, les livres qu'elle aimait et ses amis. La photographe, documentariste, poète. Celle qui vouait une passion à l'art contemporain, s'engageait à corps perdu pour des causes qui la touchaient. Elle était complexe, profonde et d'une grande spiritualité. Elle était maître Reiki, artiste à l'imagination débridée, très en connexion avec son moi profond, son âme d'enfant et la nature qui ne cessait de lui procurer joie et émerveillement.

Pour écrire ce livre, j'ai passé du temps avec les gens qu'elle aimait, je leur ai posé mille questions. Et bien sûr, je n'ai trouvé aucune réponse. C'est donc mon chemin vers elle que je retrace ici, intime, subjectif, émotionnel.

Pascal Desprez

Et si on essayait d'être heureux
ne serait ce que pour donner l'exemple

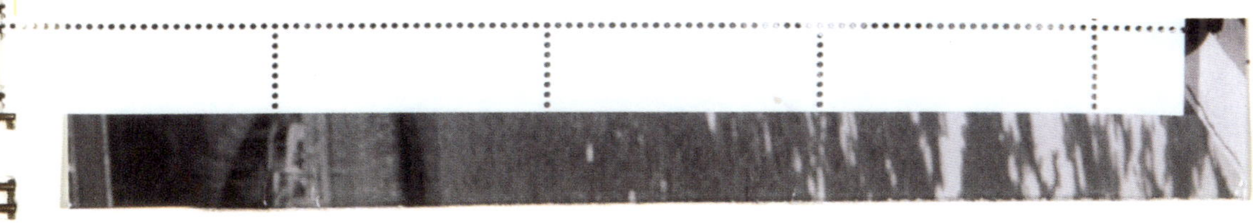

BOUCHE
BOUCHE ME DIT
BOUCHE ME DIT BOUC
UNE BOUCHE ME DIT UNE
UNE BOUCHE ME DIT UNE BO
BOUCHE ME DIT UNE BOUCHE M
UNE BOUCHE ME DIT UNE BOUCHE
UNE BOUCHE ME DIT UNE BOUCHE M
UNE BOUCHE ME DIT UNE BOUCHE ME
UNE BOUCHE ME DIT UNE BOUCHE ME D
UNE BOUCHE ME DIT UNE BOUCHE ME DIT
UNE BOUCHE ME DIT UNE BOUCHE ME DIT U
UNE BOUCHE ME DIT UNE BOUCHE ME DIT U
UNE BOUCHE ME DIT UNE BOUCHE ME DIT UN
UNE BOUCHE ME DIT UNE BOUCHE ME DIT UN
UNE BOUCHE ME DIT UNE BOUCHE ME DIT UNE
UNE BOUCHE ME DIT UNE BOUCHE ME DIT UNE

POÈMES DE L'EXPOSITION « UN APRÈS-MIDI À SAINT-GERMAIN-DES-PRÉS »

UNE BOUCHE ME DIT UNE BOUCHE ME DIT UN
UNE BOUCHE ME DIT UNE BOUCHE ME DIT UN
UNE BOUCHE ME DIT UNE BOUCHE ME DIT U
UNE BOUCHE ME DIT UNE BOUCHE ME DIT U
UNE BOUCHE ME DIT UNE BOUCHE ME DIT
UNE BOUCHE ME DIT UNE BOUCHE ME D
UNE BOUCHE ME DIT UNE BOUCHE ME
UNE BOUCHE ME DIT UNE BOUCHE M
BOUCHE ME DIT UNE BOUCHE ME D
UNE BOUCHE ME DIT BOUCHE M
ME DIT UNE BOUCHE ME DIT
UNE BOUCHE ME DIT UN
DIT UNE BOUCHE ME
UNE BOUCHE
DIT U

PHOTOGRAPHIES
et textes
par
MIREILLE DARC
Un après-midi à
Saint-Germain-des-Prés

J'APPARTIENS AU MONDE

J'appartiens au monde.
Pour le moment, j'attends la rencontre.
Le Boum, l'engloutissement dans l'autre
et la naissance dans une autre dimension.
J'ai 18 ans.

J'appartiens au monde.
Pour le moment, j'attends
la rencontre – Le Boum,
l'engloutissement dans l'autre
et la naissance dans une
autre dimension.
J'ai 18 ans.

C'est la phrase que Mireille avait choisie pour ouvrir le catalogue de son exposition de photos organisée par Artcurial le 21 janvier 2016. Le titre de l'exposition était « Un après-midi à Saint-Germain-des-Prés ». Mireille avait photographié une femme nue dans un appartement que j'étais en train de refaire. J'avais été frappé par la facilité avec laquelle elle saisissait les images. Par sa proximité avec son sujet aussi. Et je la voyais griffonner dans un petit carnet, comme elle faisait souvent. Ce n'est qu'après sa mort que j'ai retrouvé le carnet. Dedans, elle avait écrit ces poèmes. Probablement entre deux prises, très vite. Elle avait placé ses poèmes en regard des photos qui, en apparence, n'avaient rien à voir. Elle créait des associations, des correspondances.
Je relis les poèmes aujourd'hui et je suis frappé par son écriture. Elle est dense, ramassée. Chaque mot m'ouvre des univers. Mireille a le talent de m'emmener à un endroit, et de me faire basculer, au détour d'un vers, dans un autre. Je la reconnais totalement dans ces mots.

IREILLE DARC

LES ARBRES…

Je suis restée l'enfant intransigeante,
Entêtée sur l'essentiel de la vie.
Je suis sensible à la beauté des arbres.
J'aime leur parler, je les enlace.
Je connais leur souffrance silencieuse, leur fragilité.
Se livrer à un arbre
C'est remonter à l'origine du monde
et ne faire qu'un avec lui.
Les feuilles des arbres des jardins bougent quand je suis là.

Je suis restée, l'enfant intransigeante,
entêtée sur l'essentiel de la vie.
Je suis sensible à la beauté des
arbres - j'aime leur parler, je les
enlace, je connais leur souffrance
silencieuse, leur fragilité
Se livrer à un arbre c'est remonter
à l'origine du monde et ne faire
qu'un avec lui.
Les feuilles des arbres des jardins
bougent quand je suis là.

Mireille adorait les arbres. Quand je dis qu'elle les adorait, ce n'est pas une figure de style. Elle les aimait profondément, leur parlait, les touchait. D'ailleurs, elle entretenait un rapport bien à elle avec la nature en général. Elle se sentait en harmonie avec elle. Je crois que Mireille était connectée à l'univers, comme le sont les enfants qui ne se posent pas encore de questions. Elle savait s'émerveiller d'une goutte d'eau, d'un coucher de soleil, de la forme d'une branche. Je sais que cela fait un peu bête de dire ça, mais chez elle, c'était si profond. Si vrai.
Je me souviens par exemple d'un jour près des *banyan trees* à l'île Maurice. Elle les photographiait, avec leurs racines au ciel et me disait qu'ils étaient habités. C'était la raison pour laquelle ils faisaient peur aux gens et pour laquelle elle les aimait tant. Mireille était à la fois mystique et terrienne. Elle était la fille d'un horticulteur, elle s'occupait beaucoup de son potager, touchait la terre. Mais elle disait aussi que les arbres vibraient et qu'elle sentait leur vibration. Mireille avait beaucoup d'imagination. Elle pouvait rester des heures à écrire. Sur l'amour, la mort, l'éternité.
Je lui ai construit des maisons, des foyers, et j'ai fait pour elle des jardins et des potagers. C'était une façon de lui dire que je l'aimais.

L'
EAU

L'eau m'ensevelit, me structure, me purifie.
Je flotte sans pensées précises.
Je suis dans les éléments de la naissance du monde.
Je n'éprouve nul besoin.
J'entends la voix d'un enfant et cet enfant est moi.
Je suis dans les bras de ma mère qui me serre fort contre elle
et qui me dit qu'elle m'aime.

Maman tu es belle !!!

L'eau m'ensevelit, me restructure,
me purifie. Je flotte sans pensées
précises. Je suis dans les éléments
de la naissance du monde. Je
n'éprouve nul besoin. J'entends
la voix d'un enfant et cet enfant
est moi.
Je suis dans les bras de ma mère
qui me serre fort contre elle et
qui me dit qu'elle m'aime
Maman tu es belle!!!

La mère de Mireille avait des airs de gitane. Dans son allure, son profil taillé, ses cheveux noirs, la taille prise dans un tablier. Mireille en parlait très peu. D'ailleurs, elle ne parlait quasiment jamais d'elle-même. À la fin, elle sentait la mort approcher. Elle n'avait pas peur. La mort pour elle était aussi une rencontre. Et là, elle a évoqué sa mère. Elle l'a aimée très tard et a fini par comprendre qu'elle l'aimait profondément. L'enfance de Mireille a été très malheureuse, mais sa mère l'a protégée malgré tout. Elle a pu écrire « ma tendre mère » ou « maman tu es belle » dans les dernières années seulement. Sa vie a été un chemin vers le pardon et l'amour vrai.
Mireille a beaucoup évolué depuis son enfance où elle n'avait rien. Je dis souvent qu'elle était en mouvement. Elle restait elle-même, tout en se transformant. Elle muait grâce à ses rencontres, à sa cosmogonie toute personnelle qui lui faisait découvrir un univers dans une goutte d'eau, de la tendresse et de l'amour chez les autres. Son chemin l'a menée, à la fin, à aimer sa mère.
Ce poème, c'est le paradis perdu et retrouvé du ventre maternel, de la nature, de la naissance du monde. C'est bien plus aussi, puisque Mireille écrit « l'eau m'ensevelit, me structure ». J'adore ces paradoxes. Je ne cherche pas à les comprendre. Mireille était directement connectée à son moi profond, sa créativité et ses émotions. Ses poèmes nous donnent à voir quelque chose de son monde intérieur.

PHILIPS

MON DOUBLE

Où es-tu mon double ?
Dans quelle contrée es-tu à cet instant ?
Je te cherche
Et te retrouve dans une respiration silencieuse mais puissante…
Tu es belle, je voudrais être toi car tout est possible
Et tout bascule suivant l'heure, le lieu, l'époque.
Tu es repartie dans un jeu de cache-cache
Fais attention !!!
C'est moi qui te cherche.

Où es-tu mon double ?
Dans quelle contrée es-tu a cet
instant ? Je te cherche et te
retrouve dans une respiration silencieuse
mais puissante ... Tu es belle, je voudrais
être toi car tout est possible et
tout bascule suivant l'heure, le lieu,
l'époque.
Tu es repartie dans un jeu de
cache cache
Fais attention, c'est moi qui te cherche.

Voici un bel exemple de complexité. Le double, ça peut être mille choses. La respiration profonde, celle de la méditation, celle du souffle de vie qui irrigue le monde, mais tout autre chose aussi. Et toujours ces jeux d'enfant, comme cache-cache. J'ai envie d'associer à ce poème une image qui résonne, qui vibre, sans rien expliquer. Comme le poème, elle me donne à rêver, m'offre des sensations. Et Mireille faisait ça tous les jours.

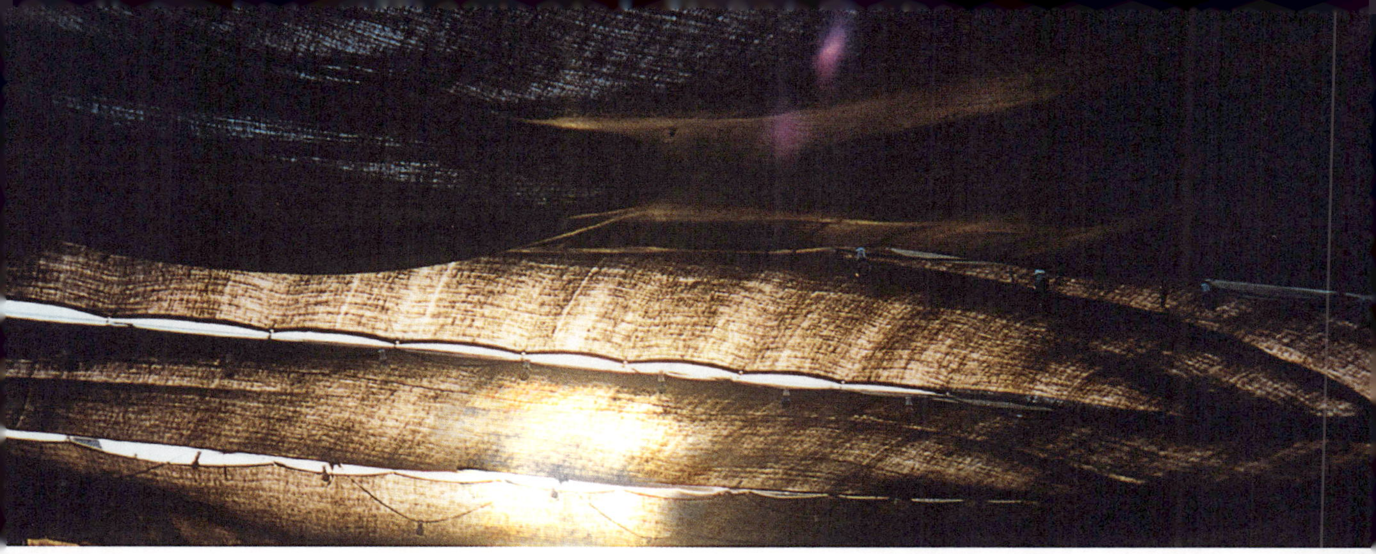

METTEZ
VOTRE

L'AMOUR M'ATTEND…

Je chante, je crie, ma tête tintamarre,
Je m'évapore dans les tunnels de la musique.
Plus loin, plus fort…
J'ai besoin de sombrer, de couler.
Où est ma paix ?
Où est mon port d'attache ?
Pas là, encore…
Je cherche, je cherche sans savoir.

Je chante, je crie, ma tête tintamarre,
je m'évapore dans les tunnels de la
musique. Plus loin, plus fort.... j'ai
besoin de sombrer, de couler.
Où est ma paix
Où est mon port d'attache ?
Pas là, encore
Je cherche, je cherche sans savoir

Beaucoup des poèmes de Mireille disent « je cherche ». Mireille qualifiait parfois son enfance de « trou noir ». Elle disait que personne ne lui avait donné l'envie d'exister. C'est violent. Ça me fait mal. Mais je sais aussi que c'est peut-être de là qu'est née son immense capacité à rêver. Sa force est là : comme un alchimiste, elle a su transformer la solitude, la souffrance en lumière. Et ce qui est encore plus grand, c'est qu'elle n'en a gardé aucun ressentiment. Cette femme n'était qu'amour.

Enfant, elle se sentait si seule qu'elle parlait aux oiseaux et aux arbres. Il y avait chez ses parents un amandier dans lequel elle se réfugiait, et elle se confiait à lui, lui disait ses espoirs. Elle a continué, toute sa vie, à parler avec le soleil, les plantes, les animaux. Cet amandier, son ami d'enfance, est resté dans son cœur jusqu'à la fin. Il peuple ses textes, ses rêves. Je crois que l'amandier était ce qu'il y avait de plus vivant dans son foyer finalement. Et il est devenu son confident, un lien direct entre elle et la nature, et a cristallisé la transmutation de l'obscur, du triste, en force de vie avec ses fleurs blanches, son tronc vivant et sa sève. Un de ses tout derniers textes évoque l'amandier et sa mère. Il aura traversé sa vie entière comme un guide ou une figure aimée.

Lorsqu'elle écrit ce poème, elle a plus de 70 ans. Et elle est capable d'écrire « l'amour m'attend ». C'est très beau. C'est émouvant. C'est tout à fait elle.

J'ai toujours vu Mireille en recherche. Elle cherchait à savoir qui elle était. Dans ses reportages, ses photographies, elle cherchait une émotion. Son travail, ses rencontres lui en apprenaient toujours un peu plus sur elle-même. Elle n'a pas eu de parents pour la guider, alors elle s'est créé sa structure, a façonné sa vie. Elle savait lire les gens et se fiait beaucoup à son instinct. Elle captait les énergies des personnes qu'elle rencontrait.

LA
RENCONTRE…

Je suis libre sur mon fil tendu.
Je penche à gauche
mais la raison me ramène
et m'emporte plus loin…
et m'embarque pour un voyage dans une contrée inconnue…
Je m'avance sans peur,
sans méfiance.
J'attends la rencontre.
Qu'elle vienne vite.

Je suis libre sur mon fil tendu.
Je penche à gauche mais la raison
me ramène et m'emporte plus loin....
et m'embarque pour un voyage
dans une contrée inconnue ....
Je m'avance sans peur, sans méfiance
J'attends la rencontre.
Qu'elle vienne vite.

De ce poème je retiens le mot « libre ». Il y a la rencontre et la liberté. Mireille ne s'est jamais laissée enfermer dans quoi que ce soit ni par qui que ce soit. Avant sa rencontre avec Alain Delon, elle avait des mœurs que l'on prête habituellement plus volontiers aux hommes. Elle les consommait et repartait s'étirer comme un chat dans son petit appartement. Elle raconte elle-même que Bardot n'a pas inventé la femme libre, car la femme libre doit être libre par rapport aux hommes, mais aussi être autonome financièrement. Il y a un reportage de la TSR où elle en parle très bien, en minijupe dans une voiture transparente. Il y a le film *Galia* aussi, très important, car le personnage principal s'inspire beaucoup d'elle. Ce goût pour la liberté, elle l'a conservé. Il s'agit d'une liberté joyeuse, pas d'une revendication.
Mireille a pleinement assumé sa sexualité et sa sensualité. Avec les hommes et les femmes. Elle a avancé sans juger les autres. C'était vrai de sa vie amoureuse, mais c'était vrai aussi dans ses documentaires. Elle accueillait l'autre totalement, sans jugement. On le voit très bien dans ses films avec les prostituées ou dans son film sur le pardon. Mireille aimait les femmes qu'elle filmait. C'était une part de sa souffrance dont elle avait réussi à s'extraire qu'elle questionnait et mettait en scène. Pour les accueillir comme elles étaient, elle leur faisait sentir qu'elles étaient au même niveau. Elle avait de l'empathie pour elles. Le naturel avec lequel les femmes qui peuplent ses documentaires se confient est parlant.
Dans ce poème, elle parle peut-être de la mort. La rencontre vers laquelle elle s'avance sans méfiance et sans peur. Mais c'est peut-être aussi la rencontre avec un amour universel qu'elle éprouve déjà au quotidien lorsqu'elle enlace un arbre, interviewe une femme qui souffre, filme les sœurs enfermées dans un couvent ou photographie une femme nue.

COGECINE
sensuelle
amoureuse
passionnée
MIREILLE DARC
galia
un film de
een film van
GEORGES LAUTNER
avec
met
FRANÇOISE PREVOST
VENANTINO VENANTINI
PUBLI CHOC. 43.80.72

UN SENS
À MA VIE

Lisser le temps, le laisser couler sur ma peau,
me gaver de ses entrailles,
et jouer à chat perché.
Je suis sur un pied,
protégée et tout bascule dans un éclat de rire.
Je me retrouve suspendue dans le vide
en état d'apesanteur et joyeuse de ce moment précis.
Je ferme les yeux,
je m'extrais de mon corps
et à vive allure,
je me love contre toi mon amour, ma tendresse.
Toi qui donnes un sens à ma vie.
Je t'aime.

Laisser le temps, le laisser couler
sur ma peau, me gaver de ses
entrailles et jouer à chat perché.
Je suis sur un pied, protégée et
tout bascule dans un éclat de rire.
Je me retrouve suspendue dans le
vide en état d'apesanteur et
joyeuse de ce moment précis - Je
ferme les yeux, je m'extrais de
mon corps et à vive allure, je me
love contre toi mon amour,
ma tendresse.
Toi qui donne un sens à ma vie.
Je t'm

Mireille, c'était aussi de grands éclats de rire. Elle aimait la vie avec passion. Elle aimait cuisiner, rire à gorge déployée.

Gaby

al Income

lle Darc

n père

Fixe
Ne
Re
Cha
Net
Gove
Federal
State
In bill
stant

Perso
Moto
Furni
Food
Clothi
Gasoli
Housi
House
Trans
In billi

Nation
Compe
Wages
Gove
Othe
Supple
Propri
Farm
Non-fa
Rental
Corpor
Profits
Net In
In billion
capital co

Source: U.S. Bureau of Economic Analysis, February, 2007

Natl. Income Production
Consumer Expend. with Standards
Labor
Population Growth, Income
Population
Senators Governors
Government Ambassadors

OÙ
ES-TU ?…

Où es-tu mon père ?
Où sont tes bras protecteurs ?
J'ai besoin de me recroqueviller contre toi
pour prendre ta chaleur et sentir ta force.
Berce-moi, chante-moi mes comptines, porte-moi dans le vent,
enlève-moi aux autres.
Faisons la ronde
Le vent joue et se cache…
Allons plus loin.

Où es tu mon père ?
Où sont tes bras protecteurs ?
J'ai besoin de me recroqueviller
contre toi pour prendre ta
chaleur et sentir ta force.
Berce moi, chante moi mes
comptines, porte moi dans le vent,
enlève moi, aux autres.
Faisons la ronde
Le vent joue et se cache….
Allons plus loin…

Les poèmes disent tous la même chose et chaque fois on trouve la même bascule, cette surprise au détour d'un vers. « J'aime mon mari » répond à « l'amour m'attend ». Le fil conducteur des poèmes, c'est la recherche, la quête d'elle-même qui ne s'arrête jamais. Le père dont elle parle ici n'est pas forcément son père. C'est peut-être le père, ce que représente le père.
Lorsqu'elle écrit « allons plus loin », elle peut parler d'aller plus loin dans sa recherche et de la mort aussi, dont elle n'avait pas peur.
Ce père, qui lui a gâché son enfance, l'appelait la bâtarde, et qui a fait mine de se pendre à cause d'elle dans le grenier alors qu'elle avait 7 ans, a certainement influencé son rapport aux hommes. Ce manque est resté une faille profonde. En vingt ans de vie commune, elle a dû m'en parler deux fois. C'est resté violent pour elle. Les hommes avec qui elle a vécu étaient souvent plus fragiles qu'elle. Même lorsqu'elle a rencontré Alain Delon, il était à une période de sa vie où il était très seul, attaqué, et cela lui a donné envie de l'aider.
Mireille a beaucoup aimé les hommes. Et elle s'habillait en homme avec ses pantalons noirs (Dior hommes), ses smokings et chemises blanches. Quand elle a commencé dans le cinéma, elle a trouvé sa place dans une bande d'hommes : Audiard, Ventura, Lautner… En restant incroyablement belle, sexy, elle était leur copain. Elle avait un comportement masculin.
Elle avait une attitude protectrice à mon égard. Elle me vivait comme fragile aussi. Oui, je crois que ce manque de père, ce manque de protection, lui a donné ce mélange de force et de douceur, de féminité et de masculinité. Cette ouverture, cette soif de liberté et d'aventure.

TU ES BELLE

Une bouche me dit
« Tu es belle »
Une étoile file dans la nuit.
Une caresse se perd sur mon corps.
Mes yeux remplis de ciel, te supplient.
J'ai soif de toi.

Une bouche me dit
"Tu es belle"
une étoile file dans la nuit
une caresse se perd sur mon corps
Mes yeux remplis de ciel, te supplient
j'ai soif de toi

Ce qui me vient ici, c'est le naturel de Mireille quand il s'agissait de nudité. Le corps, l'appétit de vivre, la sensualité, la nature, la cuisine, l'amour des autres, c'était Mireille. Pour sa séance de photos de l'exposition « Un après-midi à Saint-Germain-des-Prés », elle disait
que la nudité de son modèle « est une nudité habillée de lumières qui épousent les formes de cette jeune femme ». C'est bien elle de parler ainsi.
C'est Jeanloup Sieff qui lui a mis un appareil photo entre les mains, après une séance où elle posait. Il lui a demandé de le photographier dans un couloir avec une lampe qui pendait du plafond. Les photos ont été publiées dans *Vogue*, et voilà le début d'une passion entre Mireille et la photographie.

UN,
DEUX,
TROIS…

Un, deux, trois… soleil !
J'aime sa chaleur sur ma peau.
J'aime le sentiment de ne plus savoir si je frissonne,
ou si la fièvre m'enveloppe.
J'aime cet émoi de sentir mon cœur se rétracter…
Tout est permis
Est-ce moi ?
Suis-je une autre ?
Je ne sais pas.

Un, deux, trois .... soleil !
J'aime sa chaleur sur ma peau
J'aime le sentiment de ne plus
savoir si je frissonne, ou si la
fièvre m'enveloppe.
J'aime cet émoi de sentir mon
cœur se rétracter....
Tout est permis
Est-ce moi ?
Suis-je une autre ?
Je ne sais pas.

J'aime ce mélange, dans les poèmes de Mireille, d'enfance, de sensualité et de spiritualité. Ce mélange unique, c'est sa marque. Dans ces moments, quand je me connecte à ses mots, je la retrouve un peu.

Ils ne savaient pas que c'était impossible . alors ils l'ont fait .

Sur tes murailles Jerusalem
Je poste des veilleurs
ni de jour , ni de nuit
~~ils ne~~ Jamais ils ne doivent se taire

Tissons , métissons , mélangeons les lumières pour y voir plus clair

Qui est guidé par une étoile ne regarde pas en arrière
L. de Vinci

Se faire du souci pour les jeunes
et le devoir des jeunes est de railler l'inquiétude des vieux

Aux plus importantes croisées de nos chemins
il n'y a pas de signalisations
E. Hemingway

Odysée Calypso

28 29 30

Culte grec
à affronter
Mortel est vieux

Foulard Dressing Gown

For a gentleman in 1935, a relaxing evening may have included smoking his pipe and enjoying a snifter of cognac or reading his newspaper by the fire while wearing his Brooks Brothers Foulard Dressing Gown.

JE
SUIS
NUE…

Comme un laser qui me transperce,
cette lumière danse, m'enlace, me met en transe,
m'oblige à m'élever, à me tenir droite.
Elle résonne comme un chant guerrier,
j'entends les tambours, les martèlements.
Je suis nue et j'aime ça.

Comme un laser qui me transperce,
cette lumière danse, m'enlace, me
met en transe, m'oblige à m'élever
à me tenir droite.
Elle résonne comme un chant guerrier
j'entends les tambours, les martelements.
Je suis nue et j'aime ça.

Mireille avait une cicatrice qui était due à son opération du cœur. Elle disait qu'elle l'aimait, cette cicatrice. Elle aimait son corps, et ses poèmes sont parfois très sensuels. Elle a 78 ans quand elle les écrit… Et elle est si jeune.

Mireille aimait l'eau sur sa peau, être nue, prendre des photos de femmes nues aussi. Peu de femmes ont été à la fois modèles nues et photographes pour *Lui*. Mireille, oui.

La nudité, c'est aussi son rapport intime avec la nature. Sa nudité, ses sensations la mettent en correspondance avec l'univers.

Sa sensualité passe aussi par la cuisine, qu'elle faisait beaucoup avec les mains.

Elle aimait les civilisations physiques. L'Afrique, les Dogons…

Mireille était une guerrière.

Les guerriers avancent comme des félins. Ils sont puissants, vibrent avec le monde et souvent sont seuls. Mireille était une grande guerrière qui a tracé son chemin de solitude et d'amour vers la lumière.

RIMBAUD
UNE
SAISON
EN
ENFER

RÉPERTOIRE
MIREILLE DARC

MON ÂME

Cette sensation profonde
et rare que rien ne troublera mon regard.
J'irai par les bois et chemins
j'irai par la route et le train
à l'aventure
et j'avancerai ne sachant qui m'attend au bout de la traverse.
Mais j'irai pour la rencontre,
le contact
et l'espoir de découvrir mon âme.
Cette possibilité me met en transe,
ce désir profond,
dévastateur de savoir enfin,
qui je suis.

Cette sensation profonde et rare que
rien ne troublera mon regard.
J'irai par les bois et chemins
J'irai par la route et le train
à l'aventure et j'avancerai ne
sachant qui m'attend au bout de
la traverse.
Mais j'irai pour la rencontre,
le contact, et l'espoir de découvrir
mon âme
Cette possibilité me met en transe,
ce désir profond, dévastateur de
savoir enfin, qui je suis.

Mireille, enfant délaissée, a été une actrice en quête de reconnaissance. Puis elle est devenue une femme assurée, qui savait qui elle était et ce qu'elle voulait parce qu'en permanence elle le questionnait. Elle cherchait dans l'autre, en aidant les enfants, en devenant une marraine impliquée à toutes les étapes de La Chaîne de l'Espoir, en tournant des documentaires sur des femmes en souffrance, en jetant des mots sur des carnets Moleskine et des cahiers d'écolière. Elle lisait beaucoup. De la littérature, de la poésie, des textes sur la méditation, sur Marie Madeleine, sur la numérologie, la cuisine. Elle aimait le théâtre, les grands écrivains. Elle savait par cœur *Mirèio* en provençal. Les livres la nourrissaient et l'élevaient.
Il y a des livres partout chez nous. Elle aimait Cendrars, René Char, Quignard, Aragon, Le Clézio, Carlos Fuentes, Musil, Gary, Sagan, García Márquez.

LES LIGNES…

Une ligne qui en croise une autre
et qui s'éloigne pour se coller à une autre ligne.
Elles se superposent,
se dissolvent,
s'imbriquent dans une multitude de lignes droites,
obliques,
courtes pour chuter dans le vide de la pensée,
comme un bateau en détresse sur un fleuve en crue.

Une ligne qui en croise une autre
et qui s'éloigne pour se coller à
une autre ligne. Elles se superposent,
se dissolvent, s'imbriquent dans
une multitude de lignes droites,
obliques, courtes pour chuter dans le
vide de la pensée comme un bateau
en détresse sur un fleuve en crue.

Mireille était une passionnée, et une grande curieuse. L'amour de l'art et de la beauté la traversait tout entière. Je l'ai initiée à l'art contemporain, et très vite elle s'en est approprié les codes et la culture. Elle et moi avons sillonné les galeries, à New York et ailleurs. Nous avons fait de grandes rencontres, comme celle de Chillida qui nous avait fortement marqués.

Mireille se nourrissait de beauté, et la beauté, elle la voyait partout parce qu'elle-même était profondément belle. Lire, faire la cuisine ou jardiner participaient de cet élan. L'art aussi.

L'art abstrait répondait à son besoin d'aimer des choses fortes et pures. Elle aimait Chillida et son travail. Voilà un homme qu'elle trouvait beau. Nous avons eu la chance de déjeuner chez lui. Nous avons passé une journée avec cet artiste merveilleux. Mireille était impressionnée par ses yeux. Elle aimait les gens habités. Il nous avait raconté l'histoire d'une visite qu'il avait faite à Picasso. Tous ses tableaux étaient posés par terre, empilés le long des murs. Picasso lui avait proposé d'en choisir un parmi les trois cents qui s'étalaient dans la pièce. Chillida l'avait fait, et derrière était inscrit : « Pour mon ami Chillida ». Cette histoire avait frappé Mireille, car elle aimait ce qu'elle ne comprenait pas tout de suite. Elle aimait les signes, les heureux hasards qui n'en sont pas. C'étaient des cadeaux de la vie. Le travail de Chillida est très abstrait et n'est donc pas « aimable » tout de suite. Ça, c'est quelque chose qui la passionnait.

Ces photos ont été prises lors de cette journée magique. Chillida a pris le temps pour Mireille. Chacun a reconnu en l'autre l'intelligence, la sensibilité, la force. Chillida a expliqué à Mireille comment il a réalisé la sculpture *Le Peigne du vent*. En utilisant des wagonnets pour l'installer dans l'océan. C'était quelqu'un de puissant, animé d'une force vitale qui jaillit dans son œuvre. Mireille, dans son style, avait cette puissance aussi.

LA
PLUIE…

Il pleut sur moi…
j'écris ton nom.
Je dégouline, je me recroqueville
dans cet espace de lumière et de fraîcheur.
Je me détends, je m'écartèle,
prête à recevoir et à donner.
Tout en moi est présent.
La moindre gouttelette me fait frissonner
et je pars dans une valse effrénée…
Jusqu'aux confins de mes rêves.

Il pleut sur moi ... j'écris ton
nom - je dégouline, je me
recroqueville dans cet espace de
lumière et de fraicheur.
Je me détends, je m'écartèle,
prête à recevoir et à donner
Tout en moi est présent.
La moindre gouttelette me fait
frissonner et je pars dans une
valse effrenée ....
jusqu'aux confins de mes rêves.

J'ai envie de laisser ce poème sensuel et mystique comme il est. Les correspondances charnelles et poétiques l'évoquent mieux que des mots.

11
162-203
St Barnabé
THURSDAY
DONNERSTAG
JUEVES
GIOVEDI
DONDERDAG
12
163-202
FRIDAY
FREITAG
Mireille DARC
Good luck
3706.

MES PEURS

Enfermée dans ma forteresse d'écume,
je regarde mes peurs.
Je les touche,
je les sculpte,
je grave mon nom
et je hurle sur mes détresses.
Elles sont là, toujours là,
égales.
Je sais qu'un jour je les détruirai,
je les anéantirai,
elles s'abattront stupéfaites.
Patience !
Ce jour viendra.
Je le sais.

Enfermée dans ma forteresse d'écume,
je regarde mes peurs. Je les touche,
je les sculpte, je grave mon nom et
je hurle sur mes détresses. Elles sont
là, toujours là, égales.
Je sais qu'un jour je les détruirai,
je les anéantirai, elles s'abattront
stupéfaites.
Patience ce jour viendra. Je le sais.

S'il y a bien une chose dont elle ne parlait jamais, c'est de ses peurs. Mireille se montrait toujours forte, déterminée, courageuse, franche, droite, égale. Même face à la mort imminente, elle n'a pas cillé.
Le dernier soir, elle a suivi son rituel de beauté immuable et quotidien.
Elle était belle.
Sereine.

LAISSE-MOI M'ÉVADER…

J'aime partir dans le désert,
dormir à la belle étoile,
ressentir l'univers entier
et en faire partie comme un grain de sable.
Faire un, avec le cosmos.

J'aime partir dans le désert,
dormir à la belle étoile,
ressentir l'univers entier et
en faire partie comme un
grain de sable
Faire un, avec le cosmos.

J'ai envie ici de parler de nos voyages au Maroc. C'est là que je l'ai rencontrée. Grâce à une maison. Moi qui n'ai cessé de lui en construire, quel joli signe pour abriter notre histoire. Elle aimait le désert et, au Maroc, la lumière et la cuisine. Elle pouvait parler des épices pendant des heures, se renseigner sur la cuisine marocaine et apprendre à la préparer pour la partager ensuite avec ceux qu'elle aimait.
Mireille vendait sa maison de Marrakech et on m'avait mis en contact avec elle pour cette raison. Nous nous sommes donné rendez-vous là-bas et je me souviens très nettement de sa silhouette blanche éclaboussée de soleil lorsqu'elle est venue à ma rencontre. Elle était si naturelle, si belle et chaleureuse aussi. Je suis resté dîner le soir. Mireille adorait les maisons, elle n'a cessé d'en faire pour ceux qu'elle aimait.

JE ME CACHE POUR NE RIEN VOIR…

L'instant présent, unique, silencieux est entêtant,
Cet instant est ROI
et moi, je suis sa REINE.
Je me gave de cette sensation.
Je m'enivre de cette volupté charnelle.
Le temps n'existe pas, il s'amuse et moi aussi je joue avec lui.

L'instant présent, unique, silencieux est enivrant, cet instant est ROI et moi, je suis sa REINE.

Je me gave de cette sensation.

Je m'enivre de cette volupté charnelle.

Le temps n'existe pas, il s'amuse et moi aussi je joue avec lui.

Mireille ne s'attardait jamais sur le passé. Elle jouissait de la vie et de l'instant, et se projetait sur ce qu'elle allait faire. Les châteaux, la poussière, les vieux souvenirs, ce n'était pas pour elle. Elle ne racontait pas son enfance ni ses chagrins, et quand quelqu'un venait la voir, même lorsqu'elle était très malade, elle lui demandait comment ça va.

LIBRE SU
JE SUIS LIBRE SU
LIBRE SUR MON FIL TE
TENDU. JE SUIS LIBRE SUR
MON FIL TENDU. JE SUIS LIBRE
MON FIL TENDU. JE SUIS LIBRE S
FIL TENDU. JE SUIS LIBRE SUR MON
JE SUIS LIBRE SUR MON FIL TENDU. JE S
MON FIL TENDU. JE SUIS LIBRE SUR MON
SUIS LIBRE SUR MON FIL TENDU. JE SUIS
FIL TENDU. JE SUIS LIBRE SUR MON FIL TEN
SUR MON FIL TENDU. JE SUIS LIBRE SUR MON
LIBRE SUR MON FIL TENDU. JE SUIS LIBRE SUR
SUIS LIBRE SUR MON FIL TENDU. JE SUIS LIBRE
JE SUIS LIBRE SUR MON FIL TENDU. JE SUIS LIBR
JE SUIS LIBRE SUR MON FIL TENDU. JE SUIS LIBR
JE SUIS LIBRE SUR MON FIL TENDU. JE SUIS LIBRE

JOURNAUX, CARNETS

SUR MON FIL TENDU. JE SUIS LIBRE SUR MON FIL
MON FIL TENDU. JE SUIS LIBRE SUR MON FIL TE
MON FIL TENDU. JE SUIS LIBRE SUR MON FIL TE
MON FIL TENDU. JE SUIS LIBRE SUR MON FIL TE
MON FIL TENDU. JE SUIS LIBRE SUR MON FIL
SUR MON FIL TENDU. JE SUIS LIBRE SUR MON
LIBRE SUR MON FIL TENDU. JE SUIS LIBRE SU
JE SUIS LIBRE SUR MON FIL TENDU. JE SUI
FIL TENDU. JE SUIS LIBRE SUR MON FIL
LIBRE SUR MON FIL TENDU. JE SUIS LI
FIL TENDU. JE SUIS LIBRE SUR MON
JE SUIS LIBRE SUR MON FIL TEN
SUIS LIBRE SUR MON FIL TEN
JE SUIS LIBRE SUR MON FI
TENDU. JE SUIS LIBR
LIBRE SUR MON
SUR M

Mireille et moi nous sommes rencontrés grâce à une maison. Et je réalise que, depuis notre rencontre, je n'ai jamais cessé de lui en construire. Comme si la vie m'avait mis sur son chemin pour lui donner des foyers. Mireille me donnait envie de la protéger. De lui donner un peu de ce qui lui a manqué toute sa vie : de la sécurité et une famille.

Notre histoire s'est écrite pendant plus de vingt ans et ces années sont passées si vite. Je l'ai vue évoluer, donner, s'interroger. Sans relâche. Mireille ne cessait d'apprendre. Tout l'intéressait. L'art contemporain, la cuisine. Le reiki. L'informatique, la numérologie, la nutrition, le Pilates. Tout la passionnait, elle apprenait sans cesse, elle excellait dans tout ce qu'elle entreprenait. Elle est devenue photographe et documentariste, et son travail a été remarqué. Elle a donné sans relâche et pris fait et cause pour les enfants malades, les femmes rejetées ou violentées. Sa démarche était la même dans tout. Elle allait vers l'autre. Très simplement et très directement. Elle était curieuse et généreuse. Jamais elle ne se mettait en avant, et elle parlait très peu de ce qu'elle faisait. Elle le faisait, c'est tout. Les personnes qu'elle a interviewées pour ses films se livraient à elle et oubliaient qu'elle était la star de cinéma, la femme adulée. Il y avait toujours un échange d'humain à humain. Que la personne en face d'elle soit connue ou pas, elle se comportait exactement de la même façon.

J'aimais l'accompagner. Je la déposais à son cours de reiki, où elle était une élève parmi d'autres. Elle prenait l'un de ses cahiers dans lesquels elle notait sans cesse des choses, un petit sac à dos et rien de plus. Mireille était la simplicité incarnée, et elle ne cessait de s'alléger d'ailleurs. Elle ne mettait pas de bijou, rien d'ostentatoire ni de superflu. En général, elle portait un pantalon noir, une chemise blanche, son sac à dos et ses carnets. J'aime ce bric-à-brac vivant des carnets, ces collages, ces textes somptueux et profonds qui jaillissent au milieu des notes, des numéros de téléphone, des listes de gens à voir ou de choses à faire.

Journal du Cambodge

Mireille a eu une multitude d'enfants. Ceux de l'association (La Chaîne de l'Espoir). Ses filleules. Mes enfants, qu'elle a adoptés. Avec chacun, elle donnait tout. Mireille avait une réserve d'amour infinie, une attention aux autres, une tendresse hors du commun.
Elle a écrit sur son carnet ces pages[1], alors qu'elle accompagnait un petit garçon de 11 ans qui allait se faire opérer par l'équipe du professeur Deloche à Phnom Penh. Il fallait le conduire de son village natal au centre où il serait opéré. Mireille avait tenu à voyager comme lui et avec lui, malgré la fragilité de son propre cœur. Le professeur Deloche lui avait fortement déconseillé de voyager dans ces conditions, par un temps très chaud et humide, mais elle y tenait.

Je suis arrivée à Phnom Penh en fin de journée et je suis tout de suite surprise par la chaleur qui y règne. J'ai lu les albums d'Hergé et tout y est, ruelles animées, temples majestueux, mobylette avec la famille entière, des pousse-pousse, des touk-touk débordant de tous les côtés. Le peuple khmer forme 90 % des Cambodgiens, les autres étant vietnamiens ou chinois. Tout ce peuple à cette heure-là est dehors. J'ai tout de suite aimé ces familles qui s'arrêtent pour dîner sur les trottoirs, leur sourire, le fameux sourire khmer qui peut cacher une angoisse profonde. Des enfants partout s'accrochent aux parents. Dans la population, il y a 50 % des enfants qui ont moins de 15 ans. Partout, des enfants jaillissent, c'est presque une nation entière d'enfants. Je ne peux m'empêcher en croisant ces regards, ces sourires, cette vie qui grouille de partout, de penser à ce que ce peuple a subi. Deux millions d'êtres exécutés par les Khmers rouges, les intellectuels les premiers, des hommes conduits à la mort par leurs propres enfants ou leur famille, une forme d'endoctrinement basculant dans une folie collective et sanglante. Il y a trente ans de cela. Aujourd'hui, victimes et bourreaux cohabitent, ils font pour le mieux pour s'accepter et élever leurs enfants, et ranimer ce pays exsangue. Le sens de la vie a, petit à petit, estompé des mémoires ces génocides.
La misère est photogénique, tout est beau, tout

1. Nous avons choisi de livrer le texte écrit par Mireille tel quel, avec ses imperfections, comme elle l'a rédigé dans l'un de ses cahiers. Elle avait l'habitude de noter des phrases à la volée, de faire le portrait d'une amie ou d'une inconnue, ou bien d'écrire des textes plus longs. Une partie de ce journal est lu par Mireille dans le documentaire *Les Liserons d'eau*, qu'elle a réalisé.

a de la grâce, mais la misère est tout de même là. Le Cambodge ne fait pas partie des voyages touristiques à part Angkor, alors on a vraiment le sentiment d'être dans un pays pur. Les gens y vivent de la même manière à la même vitesse à la même heure…
Je suis venue ici sur les traces du professeur Alain Deloche, chirurgien cardiaque. Il y a cinq ans, il a construit ce pavillon des enfants pauvres. Cet

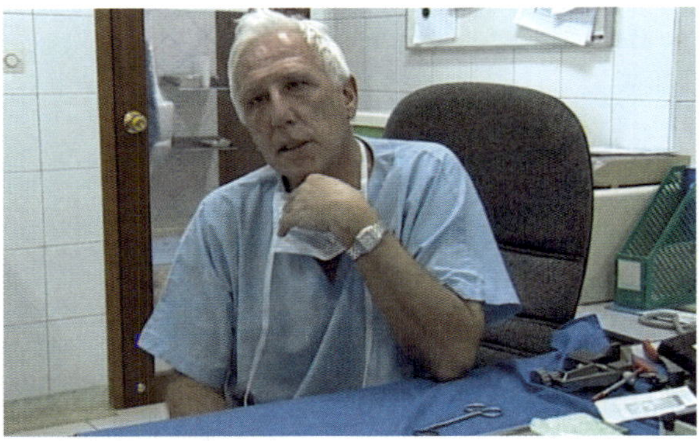

homme avec son charme et son talent opère, mais le but principal est de transmettre son savoir aux Cambodgiens pour que plus tard, ce centre de cardiologie pour les enfants fonctionne sans lui.
Le lendemain matin, nous partons avec Natacha et madame Sy pour aller voir un enfant qui devrait être opéré, à 300 km de Phnom Penh.
Natacha est pédiatre, elle est responsable du pavillon des enfants pauvres, elle parcourt tout le pays 2 ou 3 fois par an pour suivre l'évolution des maladies cardiaques chez les enfants atteints et surtout les détecter.
La route est longue mais la campagne alterne avec les petites villes de province. Elles se ressemblent, les rizières sont figées dans la lumière.
La pauvreté, quand on n'a rien, quand on ne nous donne rien, quand on ne nous doit rien, c'est presque un privilège d'être malade et d'être un enfant retenu dans La Chaîne de l'Espoir, car tout devient possible alors, on va vous soigner, et puis vous suivre dans une scolarité, on va vous aider un peu financièrement. Si vous avez la chance d'être parrainé, vous avez en plus, par rapport aux autres, une forme d'entraide.

Le jour n'est pas encore levé.

Natacha et madame Sy repartent vers d'autres enfants en laissant un peu d'argent pour le voyage. Je décide avec mon équipe de rentrer à Phnom Penh avec ce petit bonhomme et sa famille par les moyens locaux sachant qu'il nous fallait deux jours de transport.
Nous commençons ce road movie par le char à bœufs. Nous nous déplaçons doucement mais le paysage est vécu au ralenti, et j'ai profité de tous les détails de mes rencontres.

L'arrivée chez l'enfant.

La beauté à l'état pur, le temps qui s'arrête, la lumière qui irradie comme la naissance du monde et le calme.
Cet enfant attend notre arrivée avec curiosité, on lui a dit que nous venions vers lui pour l'aider. L'aider

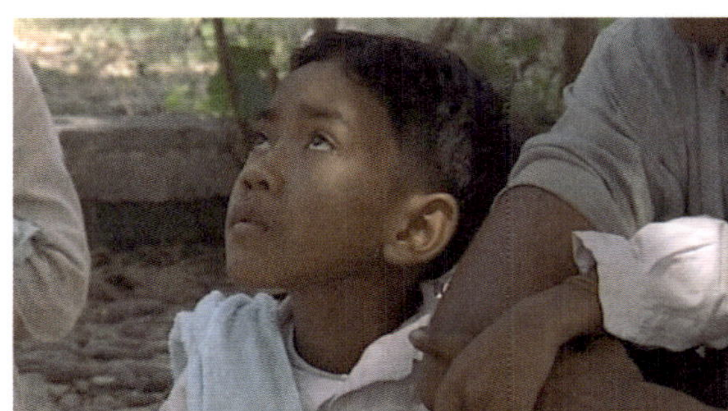

à quoi ? Comprend-il la gravité de son mal ? Il se sent regardé, admiré même de son entourage, mais ses proches sont là, donc rien à craindre, il ne peut rien lui arriver puisque maman est là, papa aussi, et son frère et sa grand-mère ; tout le monde fait front autour de lui, pour lui.
Ses grands yeux rassurés par son entourage.

Natacha et madame Sy repartent vers d'autres enfants et je décide avec mon équipe de rentrer à Phnom Penh avec ce petit bonhomme et sa famille par les moyens locaux sachant [suit un texte rayé que nous n'avons pas retranscrit].

Arrivés sur une nationale, nous montons dans un taxi-brousse, ça va plus vite. Ça défile, même. La chaleur nous rattrape.
À 11 heures, saoulés par le vent, nous nous arrêtons au bord de la route pour demander un peu de riz et à boire.
La pression durant le voyage sur la vie de cet enfant. Sachant que son corps souffre, que ce petit cœur bat trop vite, car l'artère qui va au cœur est rétrécie et que le sang circule mal, donc ce cœur prend beaucoup de place dans sa poitrine, et un jour il ne sera plus irrigué.
On se retrouve dans un petit paradis mais je n'arrête pas de penser à l'urgence, et je sens la fatigue gagner cet enfant.
Qu'est-ce que c'est que la vie d'un enfant ? Un moment fusionnel, et peut-être un tas d'ordures à l'arrivée. Et une vie dans les fumées de cette décharge.

CENTRE DE CARDIOLOGI

On s'arrête sur la route pour faire une offrande dans un temple bouddhiste. Je demande aussi l'aide divine. Le temps avance et nous sentons la tension monter. L'horloge de cette opération nous rapproche du dénouement de ce voyage.

Le Mékong, j'en avais rêvé à travers Marguerite Duras, et je le traversais ; l'émotion du rêve et de la réalité brutale. Je n'oublierai jamais la rapidité de la traversée, j'aurais aimé que cela dure une heure et que ce fleuve fut plus large.

Nous sentons que la fin du jour est proche, nous trouvons sur la berge les motos-taxis qui nous déposent auprès d'une pagode d'un temple, au milieu d'un cimetière bouddhiste ; c'est le refuge pour les voyageurs non fortunés.

La nuit, on s'est arrêté dans une pagode d'un temple au milieu d'un cimetière bouddhiste, qui sont des refuges pour les voyageurs peu fortunés. J'ai mis longtemps à m'endormir entre les dragons, les phénix, et puis peu à peu, avec cette famille angoissée, j'ai eu honte de mes petits carnets personnels et j'ai sombré en revivant tout ce voyage simple mais fatigant.

Le repas le plus important est la soupe du matin avec les légumes, un peu de viande coupée en morceaux, du poisson, des spaghettis de riz, du bouillon et des herbes fraîches. Tout sentait très bon. Là, nous avons trouvé un bus qui allait au centre de Phnom Penh.

Nous avons manqué d'air, la chaleur augmentait l'angoisse de l'arrivée, et moi-même, je n'avais plus envie d'emmener ce petit garçon vers son destin. J'avais vécu ce voyage avec lui et nous étions liés par la découverte de ce pays.

[Ici un passage ajouté, ce sont probablement des notes pour le documentaire.]

Ici au Cambodge, les maladies cardiaques sont très importantes. Tout cela est dû à la pauvreté, une femme enceinte n'est pas suivie par un médecin, et l'enfant qui vient au monde n'est pas examiné. Beaucoup de ces enfants, en grandissant, ont des angines pas soignées, qui leur laissent des traces et leur occasionnent des rétrécissements d'artères, qui peu à peu handicapent l'enfant. Il n'y a qu'une possibilité de guérison, l'opération.

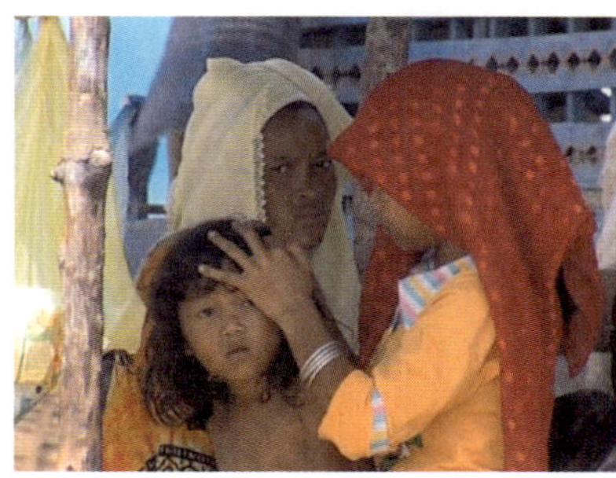

Le lendemain matin…

C'est un pays en marche, c'est un pays jeune, l'avenir est devant.
Bonne route et bon vent à Tonn Pheany et à Sopiè, et Merci pour ce moment de vie que j'ai partagé avec eux.

Phnom Penh la nuit (la bouffe) l'angoisse
La décharge
La partance au bloc
La réussite de l'opération
La vie de la famille à l'hôpital
La petite opérée grâce à la fondation
Commentaire fin de film.

Nous laissons l'enfant passer sa nuit à l'hôpital avec les siens et nous découvrons Phnom Penh dans l'agitation de la fin du jour. Tout le monde bouge, mange, rentre et la ville s'endort très tôt.

Ça y est, le moment est arrivé. Notre périple, notre randonnée prend fin au moment précis où nous rentrons en salle d'opération. Nous sommes attendus par une équipe pour un combat et il faut aussi un peu de chance pour en sortir gagnant. Chaque geste doit être précis. L'attention de chacun est au maximum, et ce cœur en train de se faire réparer pour redevenir normal et permettre à cet enfant de devenir un homme. Et puis miracle, le cœur repart calmement avec l'envie de vivre. Quel moment de gratitude pour l'équipe, cette équipe qui travaille dans l'ombre comme des cavaliers de vie, ne lâchant pas leur attention jusqu'à la sortie de l'enfant de l'hôpital.

Une vie s'installe pour les familles, ils se relaient auprès de l'enfant, dorment sur une natte, lui servent d'infirmière pour le surveiller et cohabitent tous ensemble, vivant un moment d'entraide.

Nous savons que le petit Tonn Pheany est en réanimation et nous voulons rencontrer une enfant qui a été opérée il y a un an. Nous retrouvons Sopiè, petite fille de 11 ans, dans les faubourgs de Phnom Penh, elle va dans une école où la pauvreté est partout présente mais elle est scolarisée grâce à la fondation, elle a sept frères et sœurs et tous ne peuvent aller à l'école. Les parents essaient de les nourrir mais lorsqu'il y a peu, le partage est rapide. La précarité de la vie est présente et pourtant on a envie de les aider mais pas de les plaindre, d'abord parce que jamais ils ne se sont plaints.

No.
Date.

Je suis arrivée à Phnom Penh en fin de
journée et je suis tout de suite ~~agréablement~~
surprise par la chaleur qui y règne. ~~J'avais~~ ai
lu les albums d'Hergé et tout y est, ruelles animées
trépidantes, temples majestueux, mobylette avec la famille
entière, des pousses pousses, des touques touques
débordants de tous les côtés // le peuple Kmer ~~qui~~ forme
90% des Cambodgiens, les autres étant vietnamiens ou chinois
~~tout [illegible] est dehors~~ – tout ce peuple à cette heure là est dehors
J'ai tout suite aimé ces familles qui s'arrêtent
pour dîner sur les trottoirs, leur sourire, le
fameux sourire Kmer qui peut cacher une angoisse
profonde // des enfants partout les enfants s'accrochant aux parents
~~il y a 50% des enfants~~ Dans la population
il y a 50% des enfants qui ont moins de 15 ans
Partout des enfants jaillissent, c'est presque
une nation entière d'enfants

No.
Date.

je ne peux m'empêcher en croisant ses regards, ses sourires, cette vie qui grouille de partout, de penser à ce que ce peuple a subi Deux millions d'êtres exécutés par les Khmers rouges ~~dont~~ les intellectuels les premiers, des hommes conduits à la mort par leurs propres enfants ou leur famille, une forme d'endocrinement basculant dans une folie collective et sanglante. ~~et~~ il y a 30 ans de cela. Aujourd'hui victimes et bourreaux cohabitent, ils font pour le mieux, pour s'accepter et élever leurs enfants et ranimer ce pays exangue le sens de la vie, à petit à petit ~~[illegible]~~ estomper des mémoires ces génocides.
La misère est photogénique, tout est beau tout à de la grâce mais la misère est tout de même là. La Cambodge ne fait pas parti des voyages touristiques à part Ankor, alors on a vraiment le sentiment d'être dans un pays pur. les gens y vivent de la même manière à même vitesse à la même heure !
Je suis venue ici sur les traces du Professeur Alain Deloche, chirurgien cardiaque ~~il y a 5 ans~~ fondateur de la chaine de l'Espoir, ~~cet homme opère mais enseigne sur place à des Cambodgiens tout son savoir pour que l'Institut du Coeur et le Pavillon des enfants Pauvres fonctionne plus tard sans lui.~~

Il y a 5 ans il a construit ce pavillon des enfants pauvres. Cet homme avec son charme et son talent opère mais le but principal est ~~d'enseigner~~ de transmettre son savoir aux Cambodgien. pour que + tard, ce centre de cardiologie pour les enfants fonctionne sans lui –

no

le lendemain matin nous partons avec ~~Nath~~ Natacha
~~p~~ F et Madame Sy pour aller voir un enfant qui devrait être operé
à 300 km de Phnom Penh -
Natacha est pediatre, elle est responsable du
pavillon des enfants pauvres, elle parcourt
tout le pays 2 ou 3 fois par an pour suivre l'evolution
des maladies cardiaques chez ~~sous~~ les enfants atteints
et surtout les detectés
La route est longue mais la campagne alterne avec
les petits villes de province - elles se ressemblent
~~nous croisons beaucoup~~ les rizières sont figées
dans la lumière

No.
Date.

la pauvreté, quand on a rien, quand on ne vous donne rien, quand on ne vous doit rien, c'est presque un privilège d'être malade et d'être un enfant retenue dans la chaîne de l'Espoir car tout devient possible alors, on va vous ~~aider un peu~~, soigner, et puis vous suivre dans une scolarité, on va vous aider un peu financièrement – si vous avez la chance d'être parrainée, vous avez un plus par rapport aux autres une forme d'autre aide

No.
Date.

Le jour n'est pas encore levé —

Natacha et Madame Sy repartent vers d'autres enfants en laissant un peu d'argent pour le voyage. Je décide ~~de~~ avec mon équipe de rentrer à Phnom Penh avec ce petit bonhomme et sa famille par les moyens locaux sachant qu'il nous fallait 2 jours de transport.

Nous commençons ce road movie par le char à bœuf. Nous nous déplaçons doucement mais le paysage est vécu au ralenti. Et j'ai ~~[illegible]~~ profité de voir les détails de mes rencontres

l'arrivée chez l'enfant

No.
Date.

la beauté à l'état pur, le temps qui s'arrête, la lumière qui irradie comme la naissance du monde et le calme -
~~Et le cœur de~~ cet enfant attend notre arrivée avec curiosité, on lui a dit que nous venions vers lui pour l'aider - L'aider à quoi ? Comprend-il la gravité de ~~la dé...~~ son mal, il se sent regarder, admirer même de son entourage mais ses proches sont là donc rien à craindre, il ne peut rien lui arriver puisque maman est là, papa aussi, et son frère et sa grand mère, tout le monde fait front autour de lui, pour lui.
Ses grands yeux rassurés par son entourage,

Natacha et Mme Sy repart vers d'autres enfants et je décide avec mon équipe eux de rentrer à Phnom Penh avec ~~eux~~ ce petit bonhomme et sa famille par les moyens locaux sachant ~~qu'il nous fallait 2 jours de transport~~ que Mme leur avait lai

No.
Date.

~~Arrivés~~ sur une nationale nous montons dans un taxi brousse. ça va plus vite, ça défile même

la chaleur nous rattrape

A 11h ~~fatigués~~ épaulés par le vent nous nous arrêtons au bord de la route pour demander un peu de riz et à boire

la pression durant le voyage sur la vie de cet enfant - sachant que son corps souffre que ce petit cœur qui bat, va trop vite car l'artère qui va au cœur est rétréci et que le sang circule mal donc ce cœur prend beaucoup de place dans sa poitrine et qu'un jour il ne sera plus irrigué

On se retrouve dans un petit paradis

mais je n'arrête pas de penser à l'urgence

et je sens la fatigue gagnée cet enfant

No.
Date.

qu'st ce que c'st que la vie d'un enfant,?
un moment fusionnel, et peut être un vas
d'ordure à l'arrivée - et une vie dans
les fumées de cette décharge.

No.
Date.

On s'arrête sur la route pour faire une offrande dans un temple bouddhiste - Le temps ~~le passe~~ avance et nous sentons ~~sa~~ la tension montée - L'horloge de cette opération nous rapproche du dénouement de ce voyage

je demande aussi l'aide divine

~~le Mekong, j'en avais rêvé à travers Marguerite~~

le Mekong, j'en avais rêvé à travers Marguerite Duras, et je le traversais, l'émotion du rêve et de la réalité brutale - je n'oublierai jamais la rapidité de la traversée, j'aurai aimé que cela dure 1 heure et que ce fleuve fut plus large

Nous sentons ~~le jour~~ que la fin du jour est proche, nous trouvons sur la berge des motos taxis qui nous dépose auprès d'une pagode d'un temple, au milieu d'un cimetière bouddhiste, c'est le refuge pour les voyageurs non fortunés

qui sont des refuges pour les voyageurs peu fortunés

No.
Date.

La nuit on s'est ~~s'arrêté~~ arrêté dans une pagode d'un ~~temple~~ ~~bouddhiste~~ - au milieu d'un cimetière bouddhiste - J'ai ~~long~~ mis longtemps pour m'endormir entre les dragons, ~~des~~ [illegible] phénix et puis peu à peu, avec cette famille angoissée, ~~j'avais honte~~ j'ai eu honte de mes petites craintes personnelles et j'ai sombré en revivant ~~toute~~ ce voyage simple mais fatigant.

Le repas le + important est la soupe du matin avec des légumes, un peu de viande coupé en morceaux ~~un morceau~~ de poisson, ~~et~~ des spagettis de riz ~~et~~ du bouillon et des herbes fraîches - Tout sentait très bon.

Là nous avons trouvé un bus qui allait au centre de Phnom Penh.

Nous avons mangé d'air, la chaleur augmentait l'angoisse de l'arrivée et moi même je n'avais plus envie d'emmener ce petit garçon vers son destin - j'avais vécu ce voyage avec lui et nous étions liés ~~par~~ la découverte de ce pays

No.
Date.

(début 15'

hopitale des enfants des pauvres.
ici les maladies cardiaques sont .50 de toutes
les cardiopathies. la moitié congenitale
et l'autre moitié acquise
+ Natacha

Ici aux Cambodge les maladies cardiaques
sont ~~50~~ très importante. ~~50 de la moitie de ses maladie~~
est congenitale, ~~l'autre moitié acquise~~
~~#~~ Tout cela est dû à la pauvreté, une femme
enceinte n'est pas suivi par un medecin et l'enfant
qui vient au monde, ~~et~~ n'est pas examiné. ~~#~~
beaucoup de ces enfants en grandissant ont des angines pas
soignées qui leur laisse des traces et leur
occasionne des retrecissements d'artères, qui peu
à peu ~~endica~~handicape l'enfant - il n'y a
qu'une possibilité de guerison, l'opération.
le lendemain ~~matin~~

No.
Date.

C'est un pays en marche, c'est un pays jeune, l'avenir est devant.

Bonne Route et Bon vent à Tounpeuy et à Sopie et Merci pour ce moment de vie que j'ai partagé avec eux

Pnom Penh la nuit – (la bouffe) l'angoisse
la décharge
la partance au bloc
la réussite de l'operation
la vie de la famille à l'hopital
la petite operée – grace à la fondation
commentaire fin du film

No.
Date.

~~la jour nuit tombe mais il y a encore beaucoup~~ ~~la nuit tombe~~ Nous laissons l'enfant passait sa nuit à l'hôpital avec les siens et nous découvrons Phnom Penh dans l'agitation de la fin du jour. Tout le monde bouge, mange, rentre et la ville s'endort très tôt

Ça y est, le moment est arrivé. Notre périple, notre randonnée prend fin ~~au ce~~ moment précis où nous rentrons en salle d'opération. Nous sommes attendus par une équipe pour un combat et il faut aussi un peu de chance pour en sortir gagnant. Chaque geste doit être précis. L'attention de chacun est au maximum, et ce cœur en train de se faire réparer pour redevenir normal et permettre à cet enfant de devenir un homme

No.
Date.

Et puis miracle, le coeur repart calmement
avec l'envie de vivre - quel moment de gratitude
pour l'équipe, cette équipe qui travaille dans l'ombre
comme des cavaliers de vie, ne lachant pas leur
attention jusqu'à la sortie de l'enfant de l'hopital

Une vie s'installe pour les familles, ils se relaient
auprès de l'enfant, dorment sur une natte, lui servent ~~de~~
d'infirmière pour le surveiller et cohabitent tous
ensemble, vivant un moment ~~[illegible]~~ d'entraide

nous savons que
Le Petit Toun-Pheany est en réanimation et nous voulons
rencontrer une enfant qui a été opéré il y a 1 an
Nous retrouvons Sopié ~~[illegible]~~, petite fille de 11 ans, dans les Fg de Pnom Penh, elle va
dans une école où la pauvreté est partout présente
mais elle est scolarisée grace à la Fondation, elle a 7 frères
et soeurs et tous ne peuvent aller à l'école

No.
Date.

les parents essaient de les nourrir mais lorsqu'il y a peu le partage est rapide. La precarité de la vie est ici presente et pourtant on a envie de les aider mais pas de les plaindre, d'abord parce que jamais ils ne se sont plaints

Professeur Alain Deloche :
« Mireille, j'ai besoin de vous… »

Pour le livre, je parle avec le professeur Deloche et lui demande de me raconter sa rencontre avec Mireille. Il a cofondé Médecins du monde avec Bernard Kouchner, a été l'un des médecins qui étaient aux débuts de la chirurgie cardiaque dans les années 1970. C'est lui qui dirige le pôle cardiovasculaire de l'hôpital Georges-Pompidou, mais si je l'ai appelé aujourd'hui, c'est pour qu'il me parle du rôle de Mireille comme marraine de La Chaîne de l'Espoir. C'est une fondation qu'il a créée dans un premier temps pour trouver des familles d'accueil aux enfants qui venaient en France se faire opérer. Très vite, la fondation a installé des structures et des hôpitaux dans les pays qui en ont besoin pour former du personnel médical sur place. Ils sont présents dans trente-trois pays, ont construit sept hôpitaux… La première chose dont me parle Alain Deloche, c'est de son « coup de foudre » pour Mireille. Et il ajoute dans un grand sourire que « coup de foudre » va bien avec elle.

« J'étais devant ma télé et je vois Mireille sur France 2. Je suis pris d'une impulsion irrépressible, j'enfourche mon scooter et je me rends sur place pour l'attendre dans sa loge. Je n'avais jamais fait ça…

Mireille, dans l'émission, parlait d'humanitaire et j'ai senti que je pourrais travailler avec elle. Me voilà dans la loge, donc. Elle arrive, je me présente, et je lui dis : "J'ai besoin de vous." La scène se passait il y a plus de vingt ans et je suis encore ému d'en parler aujourd'hui. Je me souviens qu'elle a dit oui immédiatement. Je lui avais expliqué que j'avais des enfants cardiaques à opérer. Les enfants et les maladies cardiaques sont deux sujets importants pour Mireille. Elle a raconté sa propre maladie cardiaque dans un livre, comment elle est tombée malade à cause d'angines mal soignées. Elle-même vient d'un milieu très populaire, à cause de son cœur, elle n'a jamais pu avoir d'enfant. Donc je la touche. Notre rencontre est une rencontre de cœur, autour du cœur. Et cela nous a unis profondément. La maladie dont était affectée Mireille a disparu de nos pays, mais je la côtoyais tous les jours en Afrique, en Asie. Sa prothèse et son cœur se trouvaient au centre de nos discussions.

Quand elle est venue au Cambodge, à la rencontre des enfants cardiaques, j'ai fait connaissance avec Mireille la battante. Je l'avoue aujourd'hui, elle m'a fait peur : elle insistait pour aller en province, par 40 degrés à l'ombre, avec les moyens utilisés par les gens sur place, alors qu'elle était sous bêta-bloquants. C'est dangereux par cette chaleur. Mais elle voulait filmer un reportage dans la famille de l'enfant que je devais opérer, et elle voulait y aller elle-même, partager les journées de l'équipe, voir sur place comment vit l'enfant. Quand Mireille avait quelque chose en tête, ce n'était pas la peine d'essayer de l'en dissuader. Nous vivions dans des huttes, et elle trouvait tout beau. Le pays, la lumière, le soir, les enfants. Le gamin que j'allais opérer avait le thorax déformé par le cœur, et un sourire incroyable. Sa cage thoracique était asymétrique et il était très maigre, mais Mireille s'extasiait sur son sourire. Même dans la maladie, la pauvreté, au bout du monde, elle trouvait de la beauté. C'était bien elle.
Le pays l'intéressait beaucoup aussi. Elle posait énormément de questions, sur les Khmers rouges – pourquoi eux et pas les autres ? Elle a voulu rencontrer un jésuite qui a vécu le drame des Khmers rouges. Ça a été le père Ponchaud, avec qui elle a longuement parlé.
Mireille a suivi l'enfant partout. Avant et après le bloc. Elle savait ce qu'elle voulait filmer, et ça a donné *Les Liserons d'eau* (2005). Elle était très frappée de la consultation des enfants que je n'opérais pas. Je lui expliquais qu'à Paris l'enfant aurait été opéré. Ce choix, cette sélection la touchaient terriblement. Elle m'avait fait remarquer que, souvent, les mères et ou les grands-mères étaient présentes, mais qu'il y avait peu de pères. Elle soulignait que tout était dans le regard des mères.

Mireille, marraine de La Chaîne de l'Espoir, était à des kilomètres des paillettes. Souvent, les associations choisissent comme marraines des personnages médiatiques qui font trois petits tours devant les caméras et puis s'en vont. Ils sont là uniquement pour faire parler de la cause que l'association défend. Mireille, elle, s'est investie corps et âme dans son rôle. Et elle avait le talent

rarissime de s'incorporer à notre équipe, de s'en faire adopter. Elle est devenue un membre de La Chaîne de l'Espoir à part entière. Elle venait au moins une fois par semaine se renseigner sur ce qu'on faisait, motiver les équipes, trouver des moyens de récolter de l'argent.
Une histoire m'a marqué. Un jour, nous avons reçu un appel de la Guinée-Conakry nous demandant d'opérer des siamois. Avec Éric Cheysson, nous en parlons à Mireille. Moi, je ne voulais pas les

opérer. Elle était sur le plateau de *Qui veut gagner des millions ?* pour récolter de l'argent pour la fondation. Rebelote, je monte sur mon scooter et je me rends à Saint-Denis. Je l'attends dans sa loge pour lui parler. Je lui raconte l'histoire des siamois et je lui montre une photo d'eux. Je lui confie que je ne

pense pas les opérer. Elle me regarde intensément et me demande : "C'est quoi ton métier ?" Elle ajoute : "Il n'y a pas d'hésitation à avoir, on le fait. Il vient à toi, c'est son destin. On le fait."
Les siamois Boubacar et Hassan sont vivants aujourd'hui. Mireille est allée les voir à Necker où je les ai opérés. Ils sont ensuite retournés en Guinée-Conakry, où, sans elle, ils seraient morts. Mireille était passionnée. Curieuse. Elle voulait comprendre comment on fait ! Elle assistait aux opérations et aux consultations. La qualité de son engagement était rarissime. Et elle ne perdait jamais de vue le fait qu'elle était là pour récolter de l'argent. C'était son côté très terrien. J'avais le chic pour essayer d'esquiver les dîners et partir avant la fin. Mireille me rappelait à l'ordre et elle m'obligeait à rester. Dans les soirées les plus ennuyeuses, elle arrivait à me faire rire, et elle était une vraie princesse. Elle serrait les mains, embrassait les gens, organisait des soirées de ventes aux enchères. Par exemple, elle a eu l'idée de proposer à Christie's une soirée "Cœur de créateur" et a sollicité son réseau pour créer des objets en rapport avec le cœur et les vendre aux enchères pour La Chaîne de l'Espoir. Elle a été déçue par le résultat, parce qu'elle ne comprenait pas pourquoi les enchères ne montaient pas. Une autre fois, elle avait distribué des appareils Polaroid à des stars, Carla Bruni, Nathalie Baye, Kristin Scott Thomas, et organisé une vente, qui cette fois avait rapporté pas mal d'argent.
Elle faisait beaucoup de télé pour parler de nous aussi. Elle se rendait disponible chaque fois que nous avions besoin d'elle et demandait toujours : "Combien d'argent on va récolter ?" J'admirais aussi son professionnalisme dans sa façon de communiquer.

Mireille avait de l'admiration, aussi, pour les familles d'accueil. Les enfants sont accueillis dès leur arrivée pendant huit semaines par des bénévoles. Le vol est pris en charge par Aviation sans frontières, grâce à du personnel bénévole lui aussi. Mireille a beaucoup suivi le chantier de la construction de l'hôpital de Dakar. La beauté de ce pays l'attirait. La beauté, toujours l'attirait, où qu'elle soit.
Mireille me frappait aussi par son instinct immédiat des gens. Elle était comme un scanner. Lorsqu'elle me regardait, je me sentais transparent. Un jour elle m'a dit : "Toi, tu es un sacré voyou", tout en saluant ma ténacité. Elle était tout le temps tournée vers les autres. D'ailleurs, ses documentaires traitaient de sujets difficiles : les femmes dans la rue, les prostituées, les femmes excisées, les femmes en prison…
Il fallait être costaud pour les traiter comme elle l'a fait. Elle prenait même des risques. Mireille est irremplaçable. Elle adorait les médecins, l'hôpital pour elle était important. Elle s'est d'ailleurs battue pour Paul-Brousse et a obtenu de l'argent pour eux. Mireille a pénétré nos vies. Et on lui obéissait ! »

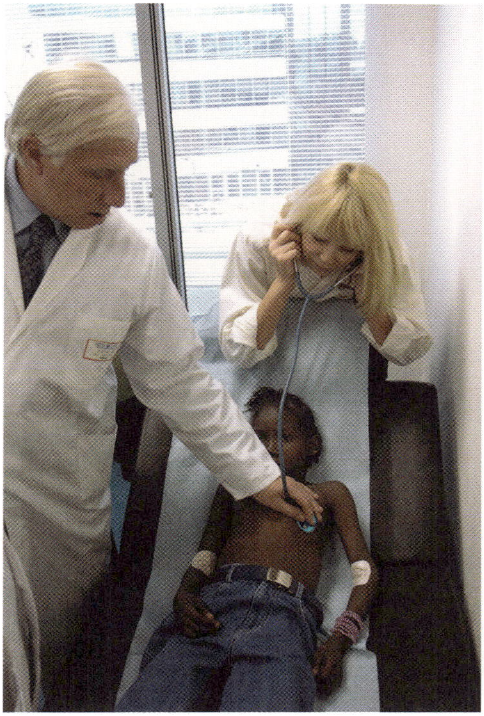

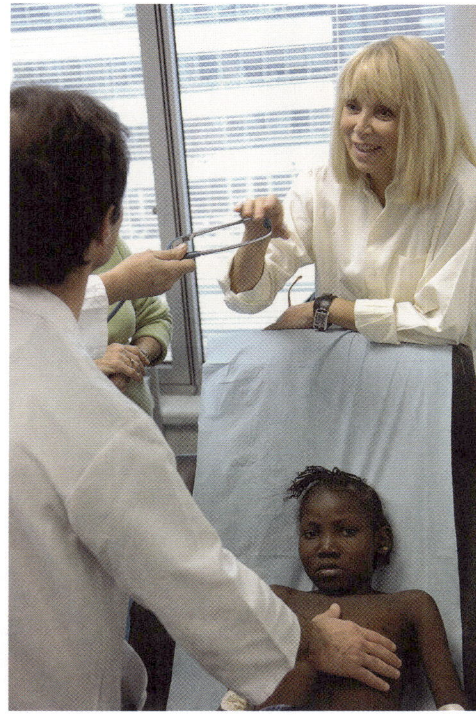

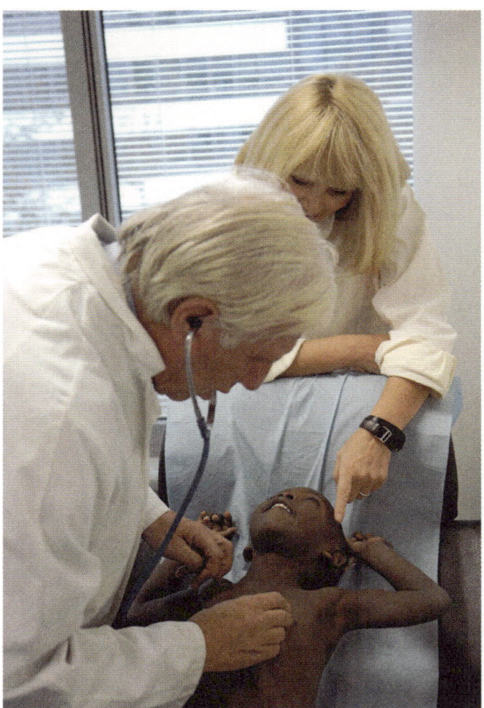

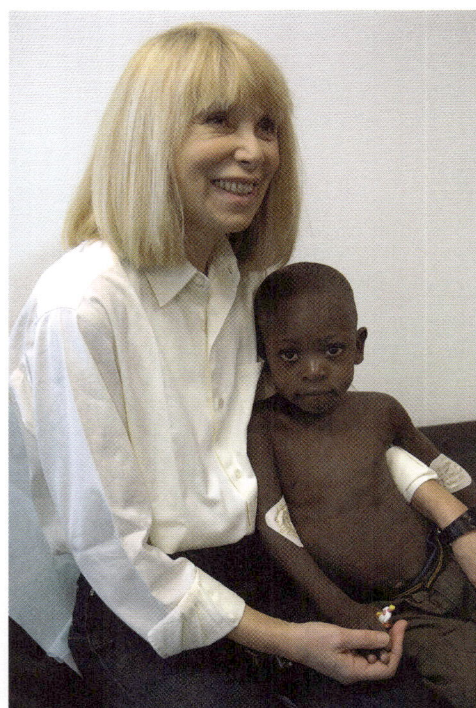

Je raconte au professeur qu'à la fin de sa vie, elle était devenue comme un petit soldat. Je la voyais le matin partir avec son sac à dos, des grosses chaussures. Elle ne faisait plus rien d'inutile.
Le professeur acquiesce, et reprend son récit.

« Une fois elle est venue me demander mon avis sur son cœur. Elle allait devoir être opérée de nouveau. "Qu'est-ce que t'en penses, Alain ?" Elle essayait de savoir exactement ce qu'il en était, mais je ne lui disais pas tout. Elle avait choisi la date de son opération en fonction de la numérologie. Certains chiffres étaient bons, d'autres pas. Cela m'amusait, et je lui expliquais que ce n'était pas un langage pour les chirurgiens.

Je trouve les actrices souvent nombrilistes. Mireille, absolument pas. Elle s'était dépouillée en prenant de l'âge, et enrichie. Elle avait beaucoup lu, aussi. Elle a fait un véritable chemin. La valve qu'on avait installée dans son cœur s'appelait la valve de Starr. On en rigolait énormément. La valve de Starr est une valve à bille qui se déplace selon les différences de pression du sang. Elle a été beaucoup utilisée dans les années 1970 (la première opération de Mireille a eu lieu en 1983). Mireille me demandait la durée de cette valve. Je lui révélais qu'elle était très rustique, mais très performante. Je l'ai d'ailleurs conservée lorsque j'ai opéré Mireille. La valve produisait un bruit, arythmique dans le cas de Mireille. On a arrêté de poser ces valves dans les années 1990.

Le moment le plus fort que j'ai connu avec Mireille, c'est le voyage que nous avons effectué au Cambodge. Celui qu'elle décrit dans son journal. La complicité avec elle était dingue. Et on riait énormément. Mireille avait un humour à toute épreuve, et lorsque je pense à elle, je pense aussi à nos fous rires. Bien plus qu'une marraine, c'était un maillon essentiel de La Chaîne de l'Espoir. Elle me manque. »

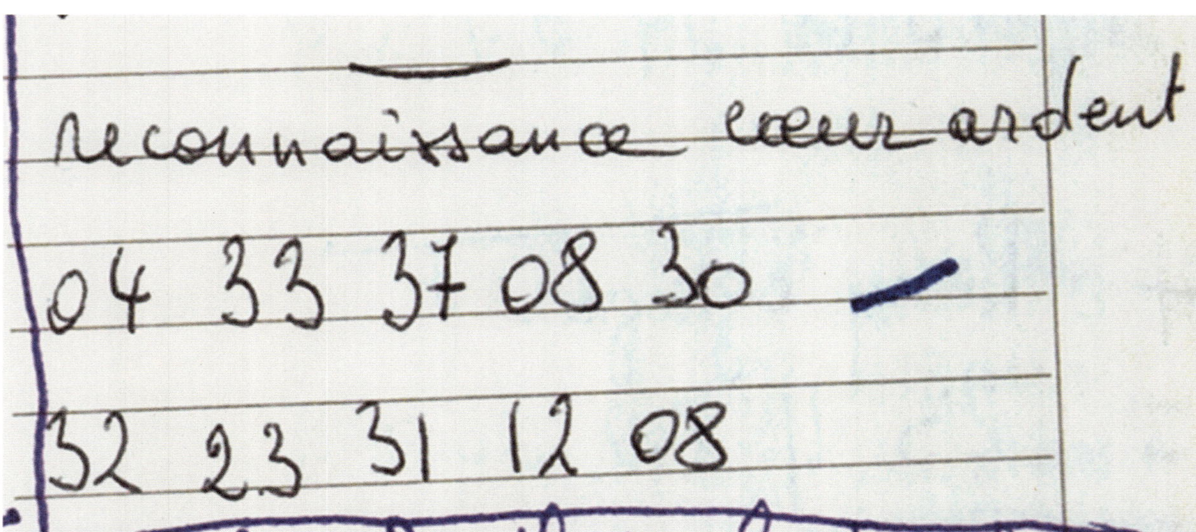

Journal daté du 7 novembre 1999

10 heures, le 7 novembre 1999, le docteur Dubois (qui vient de me faire une ponction) m'apprend, après avoir regardé longuement dans son microscope, que j'ai un cancer du sein. Un manque de chance total. Pourquoi moi ? Une légère douleur et une inflammation m'avaient inquiétée quelques jours auparavant sur cette cicatrice que j'avais sous le sein et qui était un souvenir remontant à vingt ans d'une opération à cœur ouvert. J'aimais bien cette cicatrice qui me faisait tous les jours prendre conscience que j'étais là, vivante, que tous les jours le soleil brillait un peu pour moi, que les paroles douces que j'entendais étaient du miel qui m'inondait le cœur et l'âme. Cette cicatrice était une partie de ma vie, je la caressais souvent, mes doigts l'effleuraient, et je sentais la légèreté du scalpel qui l'avait incisée, et le soin qu'avait pris le chirurgien pour refermer son opération. Elle était fine et rose, et cette boursouflure de deux centimètres de large sur le thorax ne me plaisait pas. Pourquoi au bout de tant d'années se réveillait-elle ?
À cette époque, une opération à cœur ouvert était plus rare qu'aujourd'hui, et lorsqu'on m'avait appris qu'il fallait absolument m'opérer si je voulais continuer à vivre, j'avais eu un sentiment de fierté, comme si j'étais élue. J'allais affronter une ennemie de taille, une ennemie redoutable, et qui allait commencer avec moi une douce et étrange partie. Je me sentais l'héroïne d'une histoire romanesque dont je sortirais grandie et fière. Je vois encore les yeux de Christian Cabrol quand je lui ai dit : « Expliquez-moi ce que vous allez me faire. » Sa femme a tout de suite répondu : « C'est pas la peine, ça te servira à rien. » Elle avait raison. J'ai voulu savoir, et ce n'était pas rassurant. J'ai retenu que ça durait entre six et huit heures, qu'à un certain moment on arrête le cœur, pour être sous contrôle d'un cœur artificiel, donc ce temps sera dans la vie toujours hors temps, pas morte mais pas toi, sous une autre volonté que la tienne. Je me suis souvent demandé où ton âme se réfugiait ? Dans quel espace se tenait-elle ? Prête à récupérer ton

corps, mais inutile à ce moment-là. L'apothéose a été pour moi d'apprendre que, pour faire démarrer ton cœur, on lui inflige une décharge électrique puissante qui contracte le muscle du cœur et là, la chance joue comme à la roulette russe, ou ça marche, ou tout le travail des chirurgiens est inutile parce que ton cœur n'a pas envie de jouer les prolongations et qu'il ne réagit pas. Donc je

suis partie en salle d'opération en expliquant à mon cœur que j'avais encore beaucoup de choses à faire, que je ne m'étais pas rendu compte que la vie peut être magique. J'ai pris des résolutions énergiques. Si je reviens, j'apprendrai l'anglais, je le jure, j'irai à Lourdes remercier Marie, je l'appelle toujours ainsi, et j'essaierai de comprendre pourquoi Louison m'a fait décaler de trois jours mon opération après avoir consulté mon horoscope de naissance.
J'ai pensé à ma mère à qui j'en voulais beaucoup, c'est à cause d'elle si aujourd'hui je pars sur ce lit d'hôpital. Petite, j'ai eu beaucoup d'angines, elle me soignait avec des tisanes et vers les 12 ans,

on a découvert à l'école que j'avais un souffle au cœur, on m'a dispensée de gymnastique, dommage, j'adorais le sport et la compétition. Je restais dans une classe seule pendant que les autres criaient, sautaient, se disputaient. Il fallait que je fasse la paix avec elle, et je n'y arrivais pas, à cause toujours de ces angines, je n'ai pas pu avoir d'enfants. Si j'avais pu en avoir, je pense que j'en aurais eu beaucoup. J'en ai souhaité tellement à travers certains êtres que j'ai croisés ou connus. Certains yeux bleus me faisaient flipper et je voyais l'enfant qui s'accrochait à mon cou en criant de bonheur. Ils ont tous été châtains aux yeux bleus. J'ai surtout eu des garçons et ils avaient tous le même âge. Je suis dans ce lit et je roule vers la salle d'opération et j'ai envie de crier stop et de revenir seulement en arrière de trois jours, de me trouver à la campagne entourée de mes chiens et de me promener au bord du lac dans l'air vif du matin. Mais il y a trois jours je n'étais pas à la campagne et je rêvais d'aller me faire opérer pour tourner plus vite une page et pouvoir réattaquer un autre chapitre de vie. En fait j'ai peur à hurler et je ne sais pas à qui le dire, en tout cas pas à cet homme qui me tire dans ces couloirs encore déserts tel un messager envoyé par un inconnu. J'aimerais qu'il me mette un bandeau, ça m'aiderait à fantasmer et à accepter de me retrouver nue sous un drap et de circuler dans ce dédale de couloirs. En regardant le plafond, je m'imagine dans une course folle, sans fin, sans but, sans vie, où la lumière et l'ombre n'existent pas. J'aimerais seulement sentir la présence de quelqu'un contre moi, sentir sa main serrer la mienne. Puis la course s'arrête, des voix, une lumière intense, quelqu'un se penche vers moi encapuchonné de vert. Je reconnais la voix de Christian Cabrol, j'aimerais pouvoir lui expliquer qu'il me faut du temps, que j'ai envie de marcher un peu, de me détendre, de réfléchir, j'aimerais aussi téléphoner, aller faire pipi, qu'il me présente son équipe, qu'il me réexplique pourquoi. Tu te rends compte, maman, tout ça pour une angine. Puis tout va très vite, quelqu'un prend mon bras et je sens une chaleur qui se diffuse et tout flotte autour de moi. Maman, je t'en prie, ne lâche pas ma main, ne lâche pas ma main.
Je reprends conscience par l'ouïe, j'entends un tic-tac. Ne pas bouger, surtout prendre le temps, ce bruit est très présent et très près de moi, j'ouvre les yeux, et là au-dessus de moi, les yeux bleus d'Alain me regardent et me sourient.
« Tout va bien. » Je referme les yeux, rassurée. Je viens de faire un pas de deux effréné sans avoir pu voir mon partenaire, et je suis épuisée mais j'ai le sentiment d'avoir gagné la partie.

Docteur Schlinger 41 rue de Rome 4387 91 78
(de la part de N. Calfan) dermatologue.
Nelly Hazan 9 rue de Marignan 5375 0460
Simon 14 bis rue Bosquet 75007 45 51 0828
Professeur Cabrol 45 70 24 66 privé
Mme Chamou secrétaire 42 17 7011 4570 2466 (secrétariat)
42 17 70 36 Fax
Grazy 16.93 76 99 19 Alexia portable LGM Chakria. 45 70 21 12 (hôpital)
M (mère) 93 01 79 97 92 06 55 69 - 93 01 86 71 Pas Sourds
Albanie Erlande 16.93.01 85 03
Docteur Veret Patrick Christina Almaric Amalric 16.93 85 80 45 home 04 93 01 87 44
01 43 14 62 42 Paris
15 rue Dubouchage Nice 16.93 85 11.41
Marigny laboratoire
04 92 08 00 83 - laboratoire 16.93.76 64 59 chez lui 04 93 01 87 44
Cogeso - 6 Av. Prince Héréditaire Albert (Limone) 19.39.171 92 62 98
BP 632 98000 Monaco
93 30 12 93 Fax 93 30 10 55 Martorella 19 34 52 78 11 12 appt. 121 122
06 20 39 57 20 Patrick
Claudine 43 33 54 96 06 18 45 15 86 Christina Paris 46 33 66 54
bateau 92 06 06 50 47 55 95 66
Pas Sourds 93 01 86 71
93 76 69 71 Fax 93 76 71 54
Professeur Grosgogeat Yves et Françoise 44 39 05 50 cabinet
42 17 67 28 108 rue du Bac n° 8 3e ét. 45 48 28 50
06 11 74 63 35
pavillon Rambuteau - Salle Pétrière 4826 24 12 42 17 67 06
surveillante 45 70 24 24 - 4 bis rue de Toul 75012 Melle Moreau 45 70 24 21.22
home 43 43 57 20 42 17 67 37 Fax
ie : 47/83 bd de l'Hôpital 75651 Cedex 13
Jean Paul Rappeneau 45 04 58 56 Hugo 45 03 16 99
12 bd Emile Augier 75016
(45 02 22 70) 106 bd Auguste Blanqui 13e 43 37 19 73 -
47 27 78 67 Fax A123C - B567 43 37 99 80 -
47 07 42 06 06 08 33 65 67 33 31 (secrétariat)
Professeur Bismuth Hôpital Paul Brousse 45 59 30 00 Françoise
06 86 07 84 40 45 59 33 36 chemise
39 09 40 40 - 00 09 94 2 Villejuif 04 95 35 32 65 Corse
45.59 38 57 Chemo. Hôpital 94.800 12 Av. Paul Vaillant Couturier 16.60 63 52 31
33 34 Françoise 01 45 59 33 32 secrétaire
45 59 38 57 Fax home - 45 88 90 67 46 77 32 92
22 bd Kellermann 13e 01 45 59 38 35 45 59 33 37 (privé) 01 45 88 21 65 *
cabinet privé
46 02 70 72
Alsmoni (pneumologue

Marc Dufour : « Mireille avait une force combative exceptionnelle »

Plusieurs fois, Mireille a connu des épisodes très graves et douloureux dans sa vie, dont elle s'est toujours sortie grandie et changée. Elle a elle-même parlé de son enfance austère et torturée, dont elle s'est échappée grâce à des rencontres qui ont fait basculer sa vie. Elle a failli mourir à cause de son cœur dont elle a été opérée deux fois, ce qui est rare. La première fois, c'était par le professeur Cabrol, la seconde par le professeur Deloche. Cela ne l'a pas empêchée, bien au contraire, d'accomplir des exploits sportifs que la plupart des gens très en forme n'auraient pas faits. Elle est montée sur une grue pour photographier les statues dorées de Paris à hauteur d'homme, a plongé deux jours dans un sous-marin pour un reportage sur la vie des sous-mariniers, a bravé la poussière du désert pour des rallyes, la chaleur suffocante de l'Asie pour La Chaîne de l'Espoir. Je note, dans son texte qui parle d'un événement traumatisant, les phrases : « J'ai pris des résolutions énergiques. Si je reviens, j'apprendrai l'anglais, je le jure, j'irai à Lourdes remercier Marie, je l'appelle toujours ainsi, et j'essaierai de comprendre pourquoi Louison m'a fait décaler de trois jours mon opération après avoir consulté mon horoscope de naissance. » Louison, la sœur d'Alain Delon, l'avait initiée à la numérologie et aux tarots. Elle avait choisi la date de son opération en accord avec ses bons conseils, ce qu'elle réitérera lors de sa deuxième opération menée par le docteur Fabiani. Elle parle aussi d'aller à Lourdes remercier Marie et d'apprendre l'anglais. Mireille est capable d'humour, y compris dans les situations difficiles.

Le médecin qui l'a suivie les cinq dernières années de sa vie, Marc Dufour, l'a accompagnée lorsqu'elle allait mourir. Il venait la voir tous les jours. Je lui parle de Mireille et de son rapport à la mort. Marc me rappelle qu'elle était proche de ceux qui la soignaient.

« Je crois qu'elle aimait ses soignants. Michel Desnos qui l'a accompagnée aussi me l'a confirmé. C'était un besoin chez elle. Elle avait besoin d'aimer. Il y avait beaucoup de choses qui se passaient de mots avec elle. Avec moi, elle ne parlait pas de la mort ni de son cœur. Même à la toute fin… Et ce n'est pas par peur, car Mireille n'avait pas peur de mourir. Elle parlait plutôt de la vie. Que faire pour que la vie qui lui restait soit viable. Chez elle, le corps n'était pas dissocié de l'esprit ou du cœur. Elle était très vite joyeuse, regorgeait d'énergie vitale. Je ne l'ai jamais vue craquer. Je suis venu tous les soirs la dernière année, et j'étais frappé par la grande douceur qui régnait en elle. Même dans les moments difficiles, elle était pleine de tendresse. Elle souriait. Oui, la mort arrivait, mais jusqu'au bout, il y avait la vie. Mireille avait une volonté hors du commun. Et elle connaissait assez la médecine pour que je ne puisse pas lui mentir. Elle s'y était intéressée tôt, au moment de sa première opération du cœur, et le nom de sa première valve, posée par le professeur Cabrol, l'amusait énormément. C'était la valve de

Starr. Ça ne s'invente pas. La deuxième s'appelait Saint Jude (du nom de l'université américaine où elle avait été inventée).
Mireille et moi parlions de l'instant, et mon examen se faisait dans le discours. Elle avait une force combative exceptionnelle. Je crois qu'il y a une photo d'elle en smoking et attelle qu'elle a faite en sortant de l'hôpital. Elle a mis l'attelle par-dessus son pantalon de smoking alors qu'elle était vraiment faible, et elle rigolait en disant qu'elle allait lancer une mode. Elle avait un humour fou, même avec les choses les plus dramatiques.

Mireille pour moi, c'est cette volonté de fer, un humour éclatant, et une grande empathie pour les autres. Une fois, elle devait aller à Saint-Tropez pour aider le professeur Deloche à promouvoir La Chaîne de l'Espoir. Elle avait une mauvaise anticoagulation, ce qui est très dangereux. (J'ouvre une parenthèse ici pour dire que le professeur Deloche est un seigneur. Il aurait mérité un prix Nobel pour avoir opéré dans les caves à Beyrouth, pour son travail avec les boat people.) Mireille m'appelle depuis l'aéroport, je lui dis d'acheter un anticoagulant, vite. Elle allait prendre son avion !

Elle l'a fait et s'est piquée dans les toilettes, s'est rhabillée et a fait sa vente aux enchères comme si de rien n'était.
Elle était très consciente de son pouvoir aussi et l'utilisait à bon escient. Elle le mettait au service de ses causes et pouvait aller très loin. Appeler un président pour débloquer des fonds par exemple. Et dans le même mouvement, elle avait un tel naturel et une telle simplicité. D'ailleurs, lorsque les gens parlent d'elle dans les reportages, c'est souvent "la petite, la copine". Mireille ne ressemble vraiment pas aux autres actrices !

Sur la nudité aussi, elle avait beaucoup de naturel. Elle n'avait aucun problème à être nue, elle voulait se montrer comme elle était. Lorsque le professeur Cabrol l'a opérée, il lui a expliqué qu'il allait ouvrir le sternum. Mireille lui a répondu que "non, ce n'est pas possible, je suis nue dans les films"… Cabrol lui a dit combien c'était risqué, mais qu'il allait tenter une opération inouïe. Il est passé entre les côtes, sous le sein droit. Personne ne l'a retenté pendant plus de trente ans ! Le professeur Cabrol a réussi ça… Une opération d'une dangerosité extrême, avec une dextérité sans pareille. Et c'est Mireille qui le lui a permis. En lui faisant une confiance totale, elle a risqué la mort pour ne pas avoir une grosse cicatrice sur le sternum.
À sa deuxième opération, on lui a ouvert le sternum. Elle a raconté que la première fois ça lui avait fait un mal de chien. Le professeur Cabrol était un anatomiste extraordinaire. Il avait écarté les côtes pour passer à bout de main et à bout de pince.
Mireille a eu un accident de voiture, en 1983, après sa rupture avec Alain Delon. Elle s'est reconstruite auprès de Pierre Barret qui est mort cinq ans après d'un cancer du foie. Chaque fois, elle s'est relevée. Lorsque sa carrière d'actrice s'est terminée, elle est devenue réalisatrice de documentaires engagés. C'est son regard qu'on est venu chercher. Et elle a répondu présente avec un engagement sans faille. Comme elle a dit oui pour être la marraine de La Chaîne de l'Espoir.
Mireille était une femme exceptionnelle. »

ACADEMIE

PHOTOGRAPH

She always photographs well. He is a great photographer.

1) 10 h   le docteur

le 7 novembre 1999 ~~à 10h~~, ~~le médecin~~ ~~Madame~~ Dubois
(qui vient de me faire une ponction), m'apprend après
avoir regardé longuement dans son microscope. que ~~[illegible]~~ j'ai
un cancer du sein, ~~je dis bien au sein car cette~~
~~boursouflure que j'avais se trouvait sur la cicatrice~~
~~d'une opération lointaine et un peu oubliée du~~
~~cœur~~ - un manque de chance total - ~~[illegible]~~ pourquoi moi?
~~je ne peux pas oublier cette date car elle a~~
~~toujours eu beaucoup d'importance dans ma vie~~
Une légère douleur ~~et~~ une inflammation m'avait inquiétée
quelques jours auparavant sur cette cicatrice que
j'avais sous le sein et qui était un souvenir remon-
tant à 20 ans ~~plus tôt~~ d'une opération à cœur ouvert.
j'aimais bien cette cicatrice qui me faisait tous les
jours prendre conscience, que j'étais là, vivante
que tous les jours le soleil brillait un peu pour moi
que les paroles douces que j'entendais étaient du miel
qui m'inondait le cœur et l'âme.
Cette cicatrice était une partie de ma vie, je la
caressait souvent, mes doigts l'effleuraient et je sentais
la légèreté du scalpel qui l'avait incisé, et le soin
qu'avait pris le chirurgien pour refermer son opération
elle était fine et rose et cette boursouflure de 2 cm de
large sur le thorax ne me plaisait pas. Pourquoi au
bout de tant d'années se réveillait-t-elle?
A cette époque une opération à cœur ouvert était plus
rare qu'aujourd'hui et lorsqu'on m'avait appris qu'il
fallait absolument m'opérer si je voulais continuer à
vivre, j'avais ~~eu~~ un sentiment de fierté, comme
si j'étais ~~élue~~ élue. j'allais affronter une ennemie
de taille, une ennemie redoutable et qui allait commencer
avec moi

PHOTOGRAPH

She always photographs well. He is a great photographer.

Tanger le 18 août

une ~~partie d'échecs~~ danse étrange. Je me sentais l'héroïne d'une histoire romanesque dont je sortais grandie et fière. Je vois encore les yeux de Christian Cabrol quand je lui ai dit "Expliquez-moi ce que vous allez me faire ?" Sa femme a tout de suite répondu "C'est pas la peine, ça ne servira à rien". Elle avait raison. J'ai voulu savoir et ce n'était pas rassurant. J'ai retenu que ça durait entre 6 et 8 heures, qu'à un certain moment on arrête le cœur, pour être sous contrôle d'un cœur artificiel donc ce temps sera dans la vie toujours hors temps, pas morte, mais pas toi, sous une autre volonté que la tienne. Je me suis souvent demandée où mon âme se réfugiait, ~~elle~~ ? dans quel espace se tenait-elle ?, prête à récupérer ton corps mais inutile à ce moment là. L'apothéose a été pour moi d'apprendre que pour refaire démarrer ton cœur, on lui inflige une décharge électrique puissante qui contracte le muscle cœur et là, la chance joue, comme à la roulette russe, où ça marche, ou tout le travail des chirurgiens est inutile parce que ton cœur n'a pas envie de jouer les prolongations et qu'il ne réagit pas. Donc je suis partie en salle d'opération en expliquant à mon cœur, que j'avais encore beaucoup de choses à faire, que je ne m'étais pas rendu compte que la vie peut être magique. J'ai pris des résolutions énergiques. Si je reviens j'apprendrais l'anglais, je le jure, j'irais à Lourdes remercier ~~la~~ Marie, je l'appelle toujours ~~par son~~ ainsi et j'essaierai de comprendre pourquoi Louison m'a fait décaler ~~mon jour~~ de 3 jours mon opération après avoir consulté mon horoscope de naissance.

J'ai pensé à ma mère à qui j'en voulais beaucoup, c'est à cause d'elle si aujourd'hui je suis sur ce lit d'hôpital. Petite, j'ai eu beaucoup d'angines, elle me soignait avec des tisanes et vers les 12 ans, on a découvert à l'école que j'avais un souffle au cœur, on m'a

PHOTOGRAPH

She always photographs well. He is a great photographer.

dispensé de gymnastique, dommage j'adorais le sport et la compétition - je restais dans une classe seule pendant que les autres criaient, sautaient, se disputaient.
Il fallait que je fasse la paix avec elle, et je n'y arrivait pas, à cause toujours de ses angines je n'ai pas pu avoir d'enfants - si j'avai pus en avoir, je pense que j'en aurais eu beaucoup. J'en ai souhaité tellement à travers certains êtres que j'ai croisé ou connu. Certains yeux bleus me faisaient flipper et je voyais l'enfant qui s'accrochait à mon cou en criant de bonheur. Ils ont tous été châtains aux yeux bleus - j'ai surtout eu des garçons. et ils avaient tous le même âge.
Je suis dans ce lit et je roule vers la salle d'opérations et j'ai envie de crier stop et de revenir seulement en arrière de 3 jours, de me trouver à la campagne entourée de mes chiens et de me promener au bord du lac dans l'air vif du matin. Mais il y a 3 jours je n'étais pas à la campagne et je rêvais d'aller me faire opérer pour tourner plus vite une page et pouvoir réattaquer un autre chapitre de vie - En fait j'ai peur à hurler ~~et il vaut~~ et je ne sais pas à qui le dire, en tout cas pas à cet homme qui me tire dans ces couloirs encore desert tel un messager envoyait par un ~~sultan~~ inconnu - j'aimerais qu'il me mette un bandeau ça m'aiderait ~~pour~~ à phatasmer et à accepter de me retrouver nue sous un drap et de circuler dans ce dédale de couloir. ~~J'ai~~ En regardant le plafond je m'imagine dans une course folle sans fin, sans but, sans vie où la lumière et l'ombre n'existent pas. J'aimerais seulement sentir la présence de quelqu'un contre moi, de sentir sa main serrait la mienne

Tanger 19 août 2003

PHOTOGRAPH

She always photographs well. He is a great photographer.

Puis la course s'arrête, des voix, une lumière intense
quelqu'un se penche vers moi encapuchonné de vert
je reconnais la voix de Christian Cabrol, j'aimerais pouvoir
lui expliquer qu'il me faut du temps, que j'ai envie
de marcher un peu, de me détendre, de réfléchir
j'aimerais aussi téléphoner, aller faire pipi
qu'il me présente son équipe, qu'il me réexplique
pourquoi. Tu te rends compte maman, tout ça pour
une angine - Puis tout va très vite, quelqu'un prend
mon bras et je sens une chaleur qui se diffuse et tout flotte autour
de moi - Maman je t'en prie ~~tiens ma main~~ ne lâche
pas ma main, ne lache pas ma main -

Je reprends conscience par l'ouïe, j'entends un tic tac -
~~et je sens que je ne peux pas bouger~~ ne pas bouger surtout
prendre le temps, ce bruit est très présent et très près de moi
j'ouvre les yeux et là au dessus de moi, les yeux
bleus d'Alain me regarde et me sourit.

"Tout va bien" je referme les yeux, rassurée ~~et~~. Je
viens de faire ~~une danse avec un ou une partenaire~~
un pas de deux effrené sans avoir pu voir mon partenaire, et je
suis épuisée mais j'ai le sentiment d'avoir gagné la partie

GRAPH
photographs
photographer.
Petit Cahier
uvenirs

Journal non daté, histoire de Gigi le corbeau

J'aime ces matins clairs où aucun bruit ne te donne de repère, la lumière s'infiltre par certains endroits des volets mal fermés ou des rideaux oubliés. Des points clairs jouent sur les lames de bois de ma chambre. Je ne bouge pas, j'attends, j'attends que mon esprit récupère mon corps. Je sens près de moi le souffle régulier d'A. Je sors du lit sur la pointe des pieds, le plancher chante ma présence et je me retrouve hors de ma chambre. Il est tôt, Gigi est arrivé dans ma vie en mars. Je l'ai trouvé dans l'herbe, il avait peu de plumes et il ne savait pas voler, mais il avait déjà un gros bec. J'ai pensé que c'était un coucou. Je l'ai ramassé, réchauffé, je lui ai mis un peu de liquide dans son bec et avec une pince à épiler, je l'ai aidé à prendre un peu de pain humidifié que j'ai poussé au fond de sa gorge. Je l'ai mis dans une cage après lui avoir constitué un nid avec un vieux pull en laine, et je l'ai laissé passer la nuit dans la chaufferie. Le lendemain matin, je l'ai trouvé très gaillard, il avait faim, il piaillait. J'ai recommencé l'opération nourriture, il ouvrait grand son bec et appréciait la viande hachée, le pain trempé dans un jaune d'œuf ou dans du lait sucré. Je l'ai nourri comme cela toutes les deux heures au début, puis quatre fois par jour. Je le transportais à Paris lorsque j'y allais, il était dans une cage pour le protéger car il voyageait avec Manu, Jado et Lipisan, il les regardait et si la queue de l'un touchait la cage, le coup de bec était immédiat.
À la campagne, je le laissais de longs moments en liberté sur la table de la cuisine, il jouait avec nous. A. lui cachait des petits bouts de sucre sous un journal, il attrapait la première page, la poussait avec son bec,

puis avec ses pattes triturait le papier jusqu'à ce qu'il trouve le sucre, victorieux, venait jusqu'à nous pour nous le remettre dans nos mains, tel un chien, pour que le jeu continue. De temps en temps, fatigué, il s'installait dans une de nos mains pour se faire cajoler et s'endormait dans un bonheur total.

Souvent le matin, je le prenais et le mettais dans une bassine avec un peu d'eau pour qu'il prenne son bain. Là il valait mieux s'éloigner car il aspergeait toute la partie où il se trouvait. Puis le séchage commençait, c'était une opération longue et sensuelle pour lui, chaque plume, chaque partie

de son corps était visitée par son bec. Il avait des attitudes d'abandon qui me faisaient hurler de rire. Il grandissait, il devenait de plus en plus noir, et il avait pris l'habitude de se percher sur nos épaules en dépit des fientes qu'il nous laissait quelquefois, mais il ne volait pas. J'essayais de le lancer un petit peu dans l'air mais il retombait comme un caillou et j'avais peur de le blesser. Il ressemblait de plus en plus à un corbeau. En fait il était corbeau. J'avais dans l'esprit beaucoup d'*a priori* sur ces volatiles. Ils représentaient le malheur, je me souvenais de réunions sinistres dans les champs l'hiver où le cri des corbeaux te donne la chair de poule et où tu te demandes quelle condamnation est en délibéré. Le mien commençait à pousser quelques croassements, et pour l'encourager je faisais de même ; il était heureux et me témoignait ses sentiments en essayant de me lustrer les cheveux, je criais, il sautillait, s'éloignait, revenait, nous l'avions baptisé Gigi, qui n'était ni féminin ni masculin. Il grossissait et j'avais du mal à le laisser dans une cage. Il acceptait d'y aller pour les trajets en voiture, mais ensuite il avait élu domicile dans un coin d'une étagère aussi bien à Paris qu'à la campagne, et de là il suivait tout ce qui se passait, les chiens, les repas, le personnel qu'il ignorait, et même qu'il détestait, il y avait Sonia qui s'occupait du ménage et de la cuisine et Sylvio qui faisait office de maître d'hôtel et d'homme à tout faire. Il les terrorisait par ses cris, ses battements d'ailes, ses claquements de bec. Je n'ai jamais compris pourquoi il avait fait son choix sur Alain et moi. En même temps, il était impensable de le laisser à quelqu'un d'autre que nous. Nous étions tellement heureux d'être acceptés et choisis par lui qu'il nous faisait un grand honneur de nous aimer et de nous tyranniser. Il était d'une grande exigence sur ses repas, il aimait les œufs cuits mais plutôt pochés, pas durs en tout cas, il aimait la viande fraîchement hachée, il ne savait [pas] se servir de ses pattes pour l'aider à déchiqueter, et je n'arrivais pas à le lui apprendre. Par un après-midi du mois d'avril, il faisait très beau, je suis sortie sur la pelouse à la campagne, me suis assise dans l'herbe et j'ai commencé à jouer avec Gigi. Il sautillait, faisait l'intéressant, cherchait dans l'herbe des ennemis, criait, revenait vers moi. Pendant que je jouais avec lui, je n'avais pas fait attention que, dans les arbres qui m'environnaient, des corbeaux volaient de branche en branche, s'agitaient, croassaient. À un certain moment, je levai les yeux pour chercher la cause de ce bruit et je vis plusieurs de ces oiseaux foncer sur moi, menaçants. Je m'aplatis dans l'herbe, les mains sur la tête pour me protéger, et j'attendis l'agression. Mon cœur battait à tout rompre, je n'osais lever le nez de peur de recevoir un coup de bec dans les

yeux. Au bout de quelques secondes de silence, je me hasardai à chercher mes ennemis, et là, quel ne fut pas mon désappointement de me retrouver seule, sans Gigi et plus de cri dans les arbres, plus rien, le silence total. Où était Gigi ? Il ne savait voler. Qu'en avaient-ils fait ?
Gigi ? Gigi ? Je criais partout. Il s'était peut-être caché mais c'était impossible, nous étions au milieu d'un grand espace découvert. Je le cherchais partout et son absence me fit prendre conscience du bonheur qu'il me donnait, de ce privilège de partager sa vie. J'étais en larmes et j'appelais Alain pour lui raconter l'histoire. J'étais sûre, sûre qu'il ne reviendrait plus, que jamais je ne reverrais son œil rond, vif, que je ne sentirais plus son bec me tirer les cheveux. Alain essaya de me consoler, mais lui aussi était déçu, triste. Nous étions tous les deux très attachés à lui. Dès que le téléphone sonnait, Gigi se précipitait sur le combiné car il savait que nous allions le caresser, le gratouiller pendant le laps de temps que durait l'appel, et aujourd'hui, rien, pas le moindre signe. Je continuais de l'appeler et, de temps en temps, un croassement ironique répondait comme pour me faire comprendre que nos mondes n'étaient pas les mêmes, que nos univers se côtoyaient, mais qu'il y avait une frontière. J'essayais de me dire que j'avais vécu une histoire unique, et qu'il était normal que les choses reprennent un sens établi et normal, il devait en être de même avec les dauphins, j'avais lu des histoires d'amitié entre humains et certains animaux, mais là, cette histoire elle était à nous et nous en étions les protagonistes. Je n'affabulais pas, tout avait été simple.
La journée se passait lentement, tristement, c'était une belle journée de printemps où la qualité de la lumière dans les sous-bois était particulièrement forte. L'odeur de la terre, les insectes qui reprenaient vie après un hiver dur, mes chiens qui couraient autour de moi en aboyant pour que je m'occupe d'eux, mais il est vrai qu'il me manquait quelque chose, ou du moins quelqu'un. Vingt fois le téléphone a sonné, c'était Alain qui était inquiet. Il tournait avec Jacques Deray et il savait que je n'étais pas bien, mais je savais aussi qu'il n'était pas bien de son côté. Derrière ses mots de réconfort, il y avait aussi sa grande pudeur, ne pas dire ce qu'il éprouvait, ne pas laisser transpirer ses sentiments

pour ne pas paraître faible, mais sa présence constante au téléphone témoignait mieux que tous les discours. J'allais jusqu'à un endroit que j'aimais particulièrement, une sorte de cathédrale d'arbres immenses, de vieux tilleuls qui laissaient passer une lumière douce et tendre un peu jaune, les feuilles nouvelles bruissaient. J'avais envie de prier, de dire ma peine à la nature.
Un jour, un vieux bûcheron m'avait dit que les arbres ne nous aimaient pas car même lorsque nous croyons leur faire du bien, nous nous trompons. Cette affirmation m'avait peinée car j'aimais tellement ces arbres que je ne pensais pas leur nuire, au contraire, j'étais souvent venue ici déclamer des textes sans public, en cherchant une forme de simplicité, où seuls les mots vibraient dans cet espace qui formait un genre de cercle magique. Je me mettais au centre et je sentais monter en moi les forces profondes de la terre, je demandais à mes chiens de se coucher, et je leur parlais. Ils m'écoutaient, attentifs, mais prêts à réagir à un mot dont ils connaissaient le sens, tels « maison », « promener », « partir », « sortir », et là, ils se

levaient, sautaient pour participer au jeu de scène. Le gros Manu grognait car il trouvait Jado et Lipi trop nerveux, ces bergers belges étaient rapides comme l'éclair, le regard toujours en éveil, frémissant de nervosité. Jado portait un amour démesuré à Alain. Il en faisait même du mimétisme, il avait un caractère un peu ombrageux, un peu cyclothymique, il a même développé des ennuis de santé qui étaient semblables à ceux qu'Alain avait à cette époque-là. Lipi, lui, était collé à moi, envahissant d'amour, la langue toujours prête à me lécher, mais témoignait aux autres sa jalousie. Manu était arrivé d'Italie après un tournage d'Alain à Rome, c'était un mastiff napolitain, il devait avoir 2 mois ; c'était une peluche, une boule noire à poil ras, il a grandi très vite. À 6 mois, il faisait 60 kg, et ce chien qui normalement est très lent s'est élevé dans cette meute de chiens rapides et nerveux, et il a été rapide et nerveux aussi. Mais il y a toujours un chien dominant, ça a été Jado qui était plus malin, plus distant, mais courageux à mourir, faisant face à l'ennemi le poil dressé comme une hyène, et il est vrai qu'il donnait à réfléchir à quiconque s'approchait de lui. À Paris, aucun de ces chiens n'a eu de laisse, ils étaient collés à moi, contre mes jambes, et Jado allait jusqu'à claquer des dents lorsque quelqu'un que je croisais était trop proche de moi. Mais ces chiens qui avaient tous du caractère s'écrasaient devant Lola, une vieille berger allemand qui était née la même année qu'Anthony et qui avait toujours veillé sur lui comme s'il était son petit. C'était son petit lorsque Anthony s'endormait contre Lola, elle ne bougeait plus, attendait patiemment qu'il se réveille, heureuse du rôle qu'elle avait. Il suffisait qu'elle retrousse ses babines et tous les mâles rampaient autour d'elle.

À 7 heures, je mis tous les chiens dans leur chenil pour leur donner à manger, toujours attristée par la disparition de Gigi. Et soudain, j'entendis des bruits venant des arbres au-dessus de moi, et tout à coup, je reçus sur une épaule Gigi, un peu drogué, un peu assommé, mais heureux de me

jeudi
thursday

11

S. Paulin

vendredi
friday

12

S^e^ Tatiana

samedi
saturday

13

S^e^ Yvette

8

9

10

11

12

14

15

16

17

18

19

20

21

retrouver. Je rentrai à la maison, je l'inspectai sous toutes les formes pour voir s'il avait été blessé, il avait faim, froid, il était fatigué et je sentais qu'il n'avait qu'une hâte, de se retrouver dans son coin, au-dessus de l'évier, de mettre sa tête sous son aile, et de dormir en paix et à l'abri. Quel mystère dans cet enlèvement, Gigi ne savait pas voler, où avait-il passé sa journée ? Depuis, j'ai lu Konrad Lorenz et je sais que sa famille corbeau lui a donné le choix, de vivre avec eux, ou avec nous, et qu'il avait fait son choix. Donc nous étions devenus complètement ses parents adoptifs. Jamais plus un corbeau ne s'est approché de lui, il a été ignoré par ses semblables.
J'attendais avec impatience un appel d'Alain pour lui dire ma joie, mais il tardait et le téléphone portable n'existait pas encore. À 9 heures du soir, il est arrivé pour me faire une surprise, et surtout pour que je ne passe pas une nuit seule et triste. J'étais heureuse qu'il soit là et que nous puissions partager ce moment de joie et de retrouvailles. Gigi a ouvert un œil, mais la fatigue était trop forte.

Plus les heures de la journée avançaient et plus les relations avec Alain étaient faciles. C'était presque animal, les matins étaient souvent très angoissants pour lui comme s'il avait des difficultés à accepter cette nouvelle journée. Il cherchait les petites choses qui détériorent la vie ; un café tiède pouvait lui pourrir une partie de la journée. Il y avait en lui une horloge biologique qui fonctionnait parfaitement. À partir de 16 heures, 17 heures, la tension diminuait, et on sentait que lui-même commençait à s'accepter, à se détendre, à prendre plaisir à vivre, à respirer, à échanger ses idées, ses espoirs ou ses manques, mais le dialogue devenait facile, et là, toute sa sensibilité, sa vulnérabilité s'exprimaient. L'animal un peu sauvage devenait dompté, tendre, drôle, charmant, envoûteur. L'oxygène des sentiments se remettait en route, la légèreté de la vie, le bonheur de vivre, la joie d'exister, le moment présent, tout cela était…

[Suit une page blanche, il semble que le texte s'arrête là.]

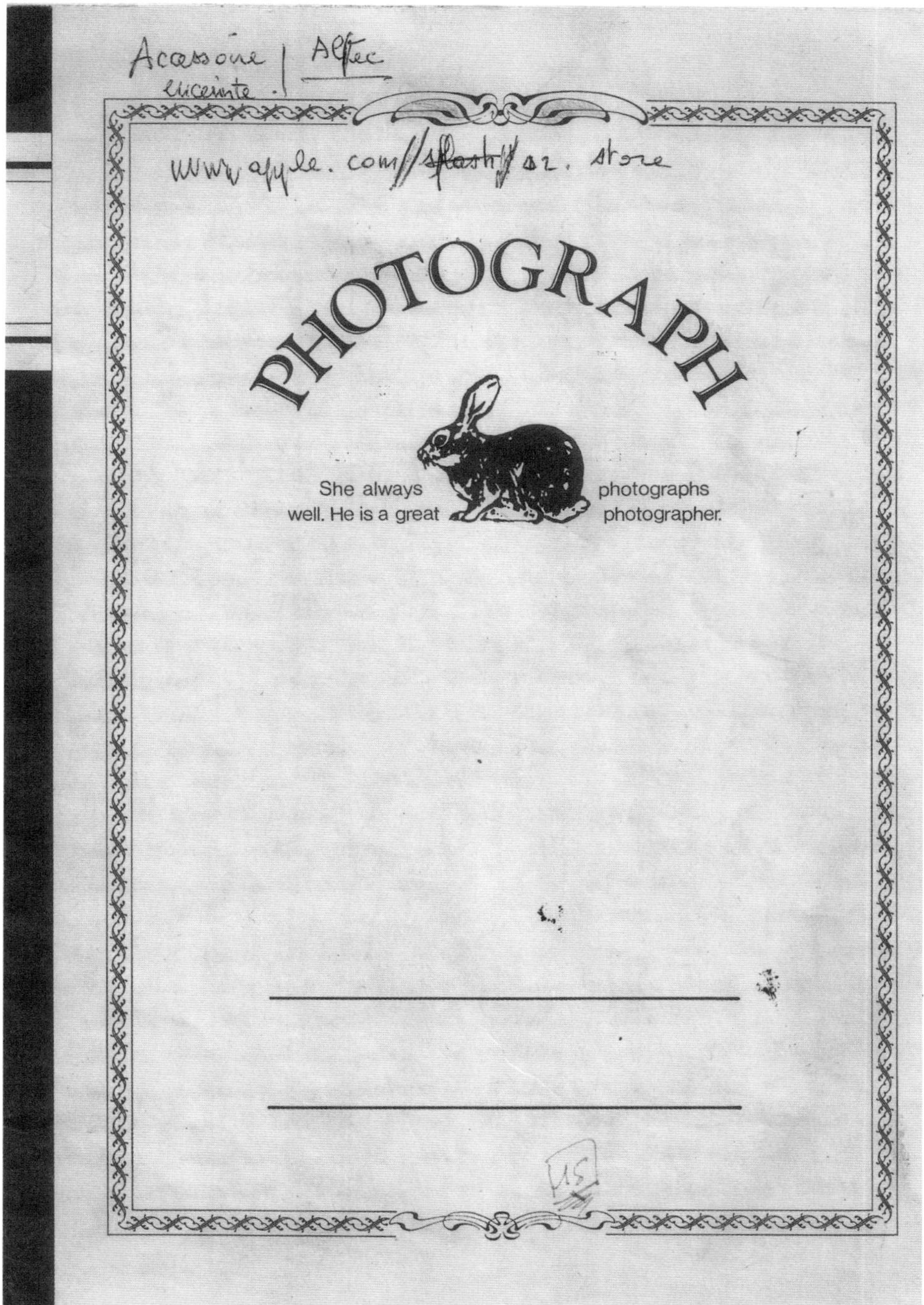
Accassone enceinte. | Altec
www.apple.com//splash//a2. store
PHOTOGRAPH
She always photographs
well. He is a great photographer.
15

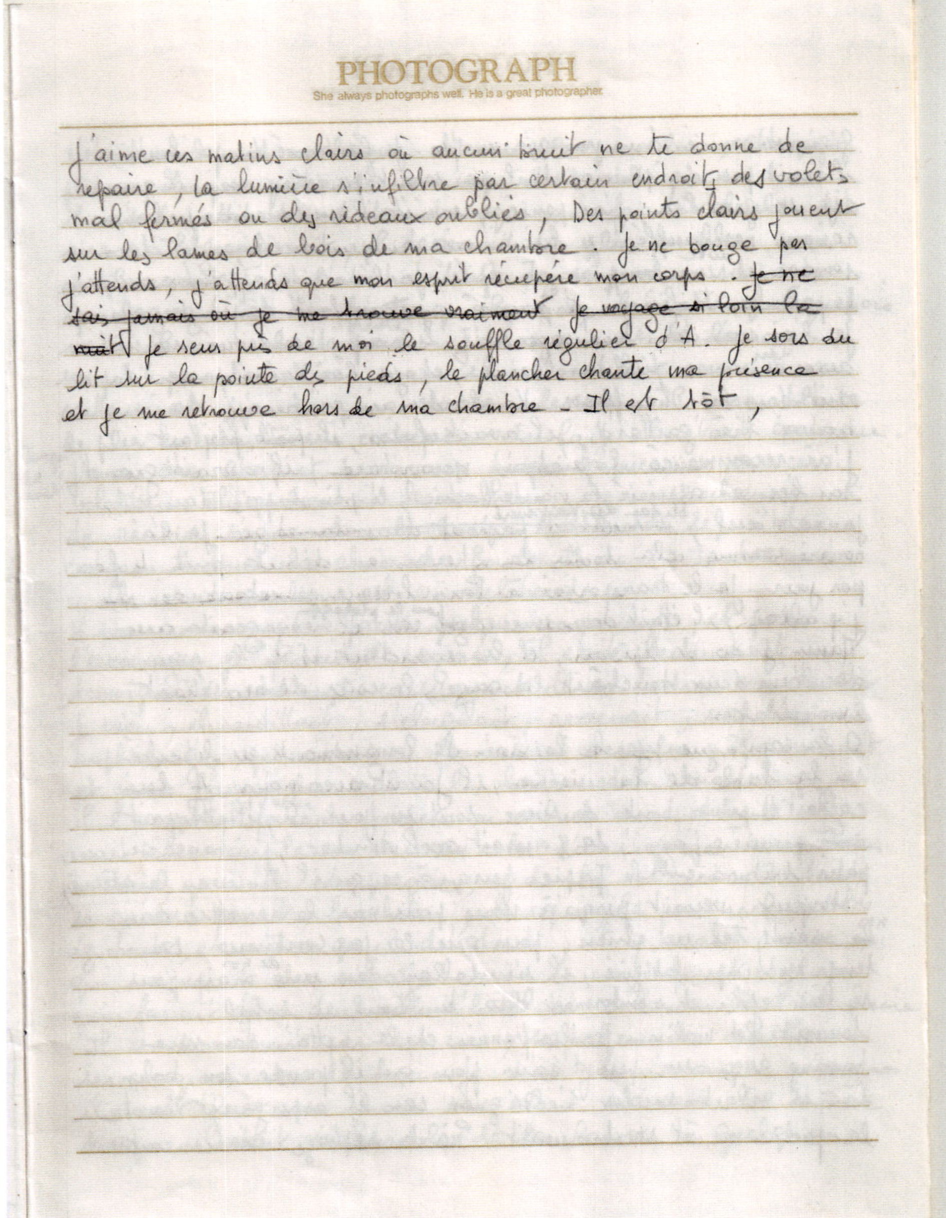

PHOTOGRAPH

She always photographs well. He is a great photographer.

J'aime ces matins clairs où aucun bruit ne te donne de repaire, la lumière s'infiltre par certain endroits des volets mal fermés ou des rideaux oubliés, Des points clairs jouent sur les lames de bois de ma chambre. Je ne bouge pas j'attends, j'attends que mon esprit récupère mon corps. ~~Je ne sais jamais où je me trouve vraiment~~ ~~je voyage si loin la nuit~~ Je sens près de moi le souffle régulier d'A. Je sors du lit sur la pointe des pieds, le plancher chante ma présence et je me retrouve hors de ma chambre. Il est tôt,

PHOTOGRAPH
She always photographs well. He is a great photographer

Gigi est arrivé dans ma vie en Mars. Je l'ai trouvé dans l'herbe,
il avait peu de plumes et il ne savait pas voler mais il avait
déja un gros bec, j'ai pensé que c'était un coucou. Je l'ai
ramassé, rechauffé, je lui ai mis un peu de liquide dans
son bec et avec une ~~un~~ pince à épiller je l'ai aidé à prendre un peu
de pain humidifié que ~~je~~ lui poussé ~~je~~ au fond de sa gorge
je l'ai mis dans une cage après lui avoir constitué un nid
avec un ~~de~~ vieux pull en laine, et je l'ai laissé passer la
nuit dans la chaufferie. Le lendemain matin je l'ai
trouvé très gaillard, il avait faim, il ~~piall~~ piaillait
j'ai recommencé l'opération nourricière, il ouvrait grand
son bec et apprécié la viande hachée, le pain trempé dans un
jaune d'œuf, ou dans du lait sucré ~~il sautillait partout dans sa cage~~ je l'ai
nourri comme cela toutes les 2 heures au début puis 4 fois
par jour. Je le transportais à Paris lorsque ~~je retournais à~~
j'y allais, il était dans une cage pour le protéger car il voyageait avec
Manu, Jado et Lipisan, il les regardait et si la queue
de l'un deux touchâit la cage, le coup de bec était
immediat.
A la campagne, je le laissais de long moment en liberté
sur la table de la cuisine, il jouait avec nous. A lui
cachait de petits bouts de sucre sous un journal, il attrapait
~~une~~ la première page, la poussait avec son bec, puis avec ses
pates trituraient le papier jusqu'à ce qu'il trouve le sucre,
victorieux, venait jusqu'à nous pour nous le remettre dans
nos ~~les~~ mains, tel un chien pour que le jeu continue. De
temps en temps fatigué, il s'installait dans une de nos mains pour
se faire cajoler et s'endormait dans un bonheur total
Souvent le matin, je le prenais et le mettais dans une
bassine avec un peu d'eau pour qu'il prenne son bain
là il valait mieux s'éloigner car il aspergeait toute
la partie où il se trouvait. Puis le séchage commençait

PHOTOGRAPH

She always photographs well. He is a great photographer.

c'était une opération longue et sensuelle pour lui, chaque
plume, chaque partie de son corps était visité par son bec
il avait des attitudes d'abandon qui me faisait hurler de
rire. Il grandissait, il devenait de plus en plus noir
et il avait pris l'~~ab~~ habitude de se percher sur nos
épaules en dépit des ~~feintes~~ fientes qu'il~~s~~ nous laissait quelquefois
mais il ne volait pas. J'essayais de le lancer
un petit peu dans l'air mais il retombait comme un
caillaux et j'avais peur de le blesser. Il ressemblait
de plus en plus à un corbeau. En fait il était corbeau.
Tanger 20 août j'avais dans l'esprit beaucoup ~~d'api~~ d'apriourie sur ces
volatiles. Il représentait le malheur, je me souvenais
de réunion sinistre dans les champs l'hiver ou le cri des
corbeau te donne la chair de poule et où tu te demandes
quelle condamnation est en deliberée.
Le nien commencait à pousser quelques coassements, et pour
l'encourager je faisais de même, il était heureux et me
temoignait ses sentiments en essayant de me lustrer mes cheveux
je criais, il sautillait, s'éloignait, revenait, nous l'avions
baptisé Gigi, qui n'était ni feminin ni masculin. Il grossissait
et ~~je ne~~ j'avais du mal à le laisser dans une cage
il l'acceptait pour les trajets (aller) en voiture mais ensuite il
avait élu domicile ~~au~~ dans un coin d'une étagère aussi bien
à Paris, qu'à la campagne, et de là il suivait tout
ce qui se passait, les chiens, les repas, le personnel qu'il
ignorait, et même qu'il détestait, il y avait Louisa
qui s'occupait du ménage et de la cuisine et Sylvio
qui faisait office de maître d'hôtel et d'homme à tout faire
Il les terrorisait par ses cris, ses battements d'aile
ses claquements de bec. Je n'ai jamais compris pourquoi
il avait fait son choix sur Alain et moi. En même
temps, il était impensable de la laisser à quelqu'un

Nous étions tellement heureux d'être accepté et choisi par lui qu'il
nous faisait un grand honneur de nous aimer et de nous tyraniser

PHOTOGRAPH

She always photographs well. He is a great photographer.

d'autre que nous ˣ; il était d'une grande exigence sur ses
repas, il aimait les œufs cuits mais plutôt pochés pas durs
en tout cas, il aimait la viande fraichement haché
il ne savait se servir de ses pates pour l'aider à déchique-
-ter et je n'arrivais pas à le lui apprendre
21 août Par un après-midi du mois d'avril, il faisait très beau
je suis sortie sur la pelouse à la campagne, me suis
assise dans l'herbe et j'ai commencé à jouer avec Gigi
il sautillait, faisait l'interessant, cherchait dans l'herbe
des ennemis, criait, revenait vers moi. Pendant que je
jouais avec lui, je n'avais pas fait attention que dans tous
les arbres qui m'environnaient, des corbeaux volaient de
branches en branches, s'agitaient, croassaient. A un
certain moment je levais les yeux pour chercher la cause
de ce bruit et je vis plusieurs de ces oiseaux fonçaient 22 août
sur moi, menaçants, je m'aplatis dans l'herbe, les mains
sur la tête pour me protéger et j'attendis l'agression
Mon cœur battait à tout rompre, je n'osais lever le nez
de peur de recevoir un coup de bec dans les yeux. Au bout
de quelques secondes de silence, je me hasardais à chercher
mes ennemis et là, quelle ne fut pas mon désapoint, de me
retrouver seule, sans Gigi et plus de cris dans les arbres,
plus rien, le silence total. Où était Gigi? Il ne
savait voler. ~~Quan~~ Qu'en avait-il fait?
Gigi? Gigi? – je criais partout ˣ. Je le cherchais partout
et son absence me fit prendre conscience du bonheur
qu'il me donnait, de ce privilège de partager sa vie ~~à la~~
~~mienne~~. J'étais en larme et j'appelais Alain pour lui raconter
l'histoire. J'étais sure, sure qu'il ne reviendrait
plus, que jamais je ne reverrai son œil rond, vif
que je ne sentirai plus son bec me tirer les cheveux.
Alain essaya de me consoler, mais lui aussi, était déçu
ˣ il s'était peut être caché mais c'était impossible, nous étions
au milieu d'un grand espace découvert

PHOTOGRAPH

She always photographs well. He is a great photographer.

triste. ~~Toute la journée~~ nous étions tous les 2 très attachés à lui. Dès que le téléphone sonnait Gigi se précipitait sur le combiné car il savait que nous allions le caresser le gratouiller pendant le laps de temps que durait l'appel et aujourd'hui ~~ce~~ rien, pas le moindre signe. Je continuais à l'appeler, et de temps en temps un coassement ironique me répondait comme pour me faire comprendre que nos mondes n'étaient pas les mêmes, que nos univers ~~éta~~ se côtoyaient mais qu'il y a[vait] une frontière. J'essayais de me dire que j'avais vécu un ~~monde~~ [histoire] unique et qu'il était normal que les choses reprennent un sens établi et normal, il devait en être de même avec les dauphins, j'avais lu des histoires d'amitié entre humain et certains animaux, mais là cette histoire, elle était à nous et nous en étions les protagonistes je n'affabulais pas, tout avait été simple.

La journée se passait lentement, tristement, c'était une belle journée de printemps où la qualité de la lumière dans les sous bois étaient particulièrement forte. L'odeur de la terre, les insectes qui reprenaient vie après un hiver dur, mes chiens qui couraient autour de moi en aboyant pour que je m'occupe d'eux, mais il est vrai qu'il me manquait quelque chose, ou du moins quelqu'un.

Vingt fois le téléphone a sonné, c'était Alain qui était inquiet. Il tournait avec Jacques Deray et il savait que je n'étais pas bien, mais je savais aussi qu'il n'était pas bien de son côté. Derrière ses mots de réconfort il y avait aussi sa grande pudeur, ne pas dire ce qu'il éprouvait, ne pas laisser transpirer ses sentiments pour ne pas paraître faible mais sa présence constante au téléphone témoignait mieux que tous les discours.

J'allais jusqu'à un endroit que j'aimais particulièrement, une sorte de cathédrale d'arbres immenses, de vieux tilleuls

qui ~~lançaient~~ laissaient passer une lumière douce et tendre un peu jaune, les feuilles nouvelles bruissaient. J'avais envie de prier, de dire ma peine à la nature.
Un jour un vieux bucheron m'avait dit que les arbres ne nous aimaient pas car même lorsque nous croyons leur faire du bien, nous nous trompons. Cette affirmation m'avait peinée car j'aimais tellement ces arbres que je ne pensais pas leur nuire au contraire, j'étais souvent venue ici déclamer des textes sans public en cherchant une forme de simplicité, où seuls les mots vibraient dans cet espace qui formait un genre de cercle magique. Je me mettais au centre et je sentais monter en moi les forces profondes de la terre, je demandais à mes chiens de se coucher et je leur parlais ~~de moi~~, ~~de mes désirs, de~~ Ils m'écoutaient attentifs mais prêts à réagir à un mot dont il connaissait le sens, tel "maison" "promener" "partir" "sortir" et là ils se levaient sautaient pour participer au jeu de scène. Le gros Manu grognait car il trouvait Jado et Lipi trop nerveux, ces bergers belges étaient rapides comme l'éclair, le regard toujours en éveil, frémissant de nervosité. Jado portait un amour demesurait pour Alain, Il ~~en~~ faisait même du mimetisme, il avait un caractère un peu ombrageux un peu cyclotimique, il a même developpé des ennuis de santé qui était semblable à celix qu'Alain avait à cette époque là. Lipi lui était collé à moi, envahissant d'amour la langue toujours prête à me lécher, mais temoignait aux autres, sa jalousie. Manu, était arrivé d'Italie après un tournage d'Alain à Rome, c'était un mastif napolitain il devait avoir 2 mois, c'était une peluche, une boule noire à poil ras, il a grandi très vite. À 6 mois il faisait 60 kg et ce chien qui normalement est très lent s'est élevé

PHOTOGRAPH

She always photographs well. He is a great photographer.

dans cette meute de chien rapide et nerveux et il a été
rapide et nerveux lui aussi. Mais il y a toujours un chien
dominant, ça a été Jado qui était plus malin, plus
distant mais courageux à mourir, faisant face à l'ennemi
le poil dressé comme une hyène et il est vrai, qu'il donnait
à réflechir à quiconque s'approchait de lui. A Paris aucun
de mes chiens n'ont eu de laisse, ils étaient collé à moi
contre mes jambes et Jado allait jusqu'à claquer des dents
lorsque quelqu'un que je croisais, était trop proche de moi
Mais ces chiens qui avaient tous du caractère s'écrasaient
devant Lola, une vieille berger allemand qui était née
la même année qu'Anthony et qui avait toujours veillé
sur lui comme si c'était son Petit. c'était son Petit
lorsqu'Antony s'endormait contre Lola, elle ne bougeait
plus, attendait patiemment qu'il se réveille, heureuse du
rôle qu'elle avait. Il suffisait qu'elle retrousse ses babines
et tous les mâles rampaient autour d'elle.

A 7 heures, je mis tous les chiens dans leur chenil pour
leur donner à manger, toujours triste par la disparition
de Gigi. Et soudain j'entendis des bruits venant
des arbres au dessus de moi et tout à coup je reçus
sur une épaule Gigi, un peu drogué, un peu asso-
-mé, mais heureux de me retrouver. Je rentrai à la
maison, je l'inspectais sous toutes les formes pour voir
si il avait été blessé, il avait faim, froid, il était
fatigué et je sentais qu'il n'avait qu'une hâte, de
se retrouver dans son coin, au dessus de l'évier, de
mettre sa tête sous son aile et de dormir en paix
et à l'abri. Quel mystère dans cet enlèvement, Gigi
ne savait pas voler, où avait-il passé sa journée.
Depuis j'ai lu Lorentz Conrad et je sais que sa famille
corbeau lui a donné le choix, de vivre avec eux, ou

PHOTOGRAPH

She always photographs well. He is a great photographer

Donc nous ét[illegible] deçu complètement ses parents adoptif

avec nous et qu'il avait son choix - Jamais plus un corbeau ne s'est approché de lui, il a été ignoré ~~par~~ ses semblables -

J'attendais avec impatience un appel d'Alain pour lui dire ma joie mais il tardait et le téléphone portable n'existait pas encore - A 9 heures du soir, il est arrivé pour me faire une surprise, et surtout pour que je ne passe pas une nuit seule et triste. ~~C'est moi qui~~ J'étais ~~[illegible]~~ heureuse qu'il soit là et que nous ~~[illegible]~~ puissions partager ce moment de joie et de retrouvaille - Gigi a ouvert un œil mais la fatigue était trop forte.

~~Nous avons passé une belle soirée Alain~~ Plus les heures de la journée avançait et plus les relations avec Alain étaient faciles c'était presque animal, les matins étaient souvent très ~~difficiles~~ angoissantes pour lui comme s'il avait des difficultés à accepter cette nouvelle journée - il cherchait à faire la part des choses les petites choses qui déterioraient la vie - un café tiède pouvait lui pourrir une partie de la journée. Il y avait en lui une horloge biologique qui fonctionnait parfaitement - A partir de 16 ~~heures~~, 17 heures, la tension diminuait, et on sentait que lui-même commençait à s'accepter, à se détendre à prendre plaisir à vivre, à respirer, à échanger ses idées ses espoirs ou ses manques mais le dialogue devenait ~~[illegible]~~ facile et là toute sa sensibilité, sa vulnérabilité s'exprimait - L'animal un peu sauvage devenait dompté ~~[illegible]~~, tendre, drôle, charmant, envoûteur - L'oxygène des sentiments se remettaient en route, la légèreté de la vie, le bonheur de vivre, la joie d'exister ~~le bonheur~~ le moment présent Tout cela était

Anthony Delon : « Mireille veillait sur moi »

J'appelle Anthony Delon pour voir s'il se souvient de Gigi et des chiens dont parle Mireille dans son journal. Ils ont partagé quinze ans de vie à Douchy et ont gardé le contact jusqu'au bout. Une grande tendresse et une belle complicité les unissaient. Anthony est heureux de me raconter ses souvenirs d'enfance avec Mireille. Elle tenait une place très particulière dans sa vie : elle n'était ni une mère ni une belle-mère, mais veillait sur lui avec simplicité et douceur. Anthony m'explique qu'elle le protégeait, tout en gardant beaucoup d'autorité. Ce n'était pas une copine. Une complice plutôt. Il la respectait alors qu'il était un enfant fugueur et turbulent.

« Lola, dont Mireille parle dans son journal, avait été ramenée de Californie où je suis né. Cette chienne m'a sauvé la vie. J'étais tout petit, et nous étions dans un chalet. Je me souviens qu'il y avait de la neige. Le facteur est venu chez nous et est reparti sans bien fermer la porte. J'en ai profité pour me faufiler dehors et je suis sorti dans la neige. Je commençais tout juste à marcher. La chienne m'a suivi. J'ai commencé à fatiguer et me suis assis par terre. J'étais dans la neige, sans manteau, sans savoir où j'étais et sans aucune conscience du danger. Lola s'est couchée contre moi et m'a protégé. Le facteur, à la fin de sa tournée, est repassé devant nous, m'a vu et a essayé d'approcher. Lola était menaçante, elle montrait les dents. Elle ne laissait personne m'approcher. Alors il est retourné à la maison et a prévenu que j'étais dehors pour qu'on vienne me chercher. Mireille a raison d'écrire que j'étais comme son petit. Elle adorait les animaux, et à Douchy nous en avions beaucoup.

Quand j'ai connu Mireille, elle avait un petit chien bâtard noir et blanc qui s'appelait Poppy[2]. Ce chien était très laid et on adorait faire des plaisanteries sur lui. Poppy ne savait pas nager, moi j'étais gosse, et je faisais souvent des conneries. Je voulais me faire remarquer. Je l'avais balancé dans la piscine, et mon père avait fait pareil avec moi ! Je voulais sans doute aussi affirmer ma place. Comme la fois où mon père m'avait laissé seul avec Mireille pour la première fois, en me disant que j'étais l'homme de la maison à présent. J'ai attendu qu'il s'en aille, et du haut de mes 4 ans j'ai dit à Mireille, avec beaucoup d'assurance : “Tu pars maintenant !” Ces histoires de mon enfance nous faisaient rigoler. On en parlait encore quand Mireille était malade, à la fin de sa vie, et elle pouffait de rire comme une adolescente.

Jado était le chien de mon père, et Lipi celui de Mireille. Jado était racé et très territorial. Il mordait tous ceux qui approchaient, même sur les tournages. Lipi, le chien de Mireille, était tout l'inverse. C'était un malinois avec la queue en tire-bouchon, un corps fort et une tête toute petite. Lui aussi nous faisait rire.

Cela ne m'étonne pas qu'elle parle des arbres dans son journal. Ceux qui l'ont connue savent l'importance des arbres pour elle, et je pense que les arbres sont très bénéfiques. Une balade en

2. Poppy était son surnom, Pop Corn son vrai nom.

di
rsday
20
éophile

vendredi
friday
21
S. P. Canisius

samedi
saturday
22
HIVER R.

8
9

Douchy . AD + DD
Anthony (Blâme puni)

dimanche
sunday
23
S. Armand

19
20 Douch
21

Anthony . giflé 1ère .
Douchy .

départ Anthony .

forêt est bien plus apaisante que la même balade dans les champs. À Douchy, il y avait des chênes splendides, énormes, très vieux avec des doubles troncs. Et, ce qui est curieux dans le Loiret, une allée de cèdres du Liban. C'est Mireille qui avait trouvé cette maison, et comme j'étais né au Cedar Sinai Hospital, elle y avait vu un heureux signe, un argument pour acheter la maison. Cette maison, elle l'a entièrement aménagée. Elle lui a donné vie. Mon père avait des idées folles, et elle les réalisait. Comme l'idée de creuser un lac au milieu du domaine ! Elle se faisait aider de Véronique de Villèle, son inséparable amie, et toutes les deux elles accomplissaient des choses insensées.

À Douchy, Mireille enlaçait les arbres, elle leur parlait.
Ce qui me frappait chez elle, c'est que lorsqu'elle faisait quelque chose, elle y mettait de la passion, de l'engagement et de la tendresse aussi. Elle faisait les choses à fond, avec beaucoup de douceur. Douchy, c'est elle qui lui a donné son âme, et d'ailleurs, la maison est restée comme elle l'avait conçue. Notre rapport à tous les deux était tendre et très complice. On le voit bien sur cette photo où je suis enfant, qui pour moi nous résume à merveille. Je l'ai mise dans ma cuisine, je la vois tous les jours.

Quand Mireille a joué *Sur la route de Madison* au théâtre, je l'ai croisée par hasard. Elle m'a avoué qu'elle avait un trac terrible. C'était à quelques jours de la première, elle allait remonter sur les planches après des années où elle avait fait tout autre chose. Avec mon père, qui plus est. »

Je pose mon stylo, et je raconte à Anthony comment ça s'est décidé. Mireille et moi marchions dans Rome. Elle était très émue par la beauté de la ville, et par les églises en particulier. On parlait de Marie Madeleine, je crois, quand son téléphone a sonné. C'était Alain qui lui proposait de jouer la pièce avec lui. Il lui avait proposé de réfléchir cinq minutes, et de le rappeler ! Cinq minutes ! Sans vraiment lui expliquer de quoi il s'agissait. Elle a accepté tout de suite. Elle était émue.
Anthony reprend la parole, car il vient de se souvenir de moments de son enfance à Douchy avec ses cousins et sa tante Louisette[3]. Évoquer Mireille lui fait penser à un dimanche où il avait réussi à la mettre en colère.

« J'avais organisé une partie de rugby avec mes cousins sur la pelouse toute neuve plantée par Mireille. Avec mes cousins, on glissait par terre, on arrachait l'herbe. Un carnage. La pelouse, elle l'arrosait tous les jours, elle était bien verte, magnifique, et Mireille était partie pour la journée. Quand elle est rentrée, l'ensemble était plein de boue et de trous.
C'est la seule fois où je l'ai vue vraiment en rage. Elle était toujours sereine et prête à rigoler. La colère, ce n'était pas un sentiment qui la définissait. Pourtant j'adorais faire des conneries. En général, elle me récupérait avant que mon père ne s'énerve. On en reparlait de temps en temps. Quelque temps avant sa mort, on s'était remémoré Douchy, et la manie que j'avais de piquer sa carabine à plombs. Je sortais dans le jardin pendant que mon père regardait la télé, et je m'amusais à tirer sur l'antenne. Cela faisait de la neige dans la télé. J'entendais Mireille dire "ce petit con a encore dû faire une bêtise". Elle m'avait débusqué et m'avait conseillé d'arrêter avant que mon père ne réalise que j'étais à l'origine de la mauvaise réception de l'image. Elle faisait le maximum pour m'entourer, me protéger. Elle était là pour moi, avec sa bienveillance.
À la fin de sa vie, Mireille et moi avions de longues conversations sur la spiritualité. Elle savait que je m'intéressais à la philosophie bouddhiste. La spiritualité de Mireille était très forte. Et très personnelle aussi. Pour Mireille, elle était partout, et on ne fait qu'un avec la nature. Elle croyait aux vies antérieures et parlait avec ses parents. Je l'ai vue évoluer, et plus elle avançait, plus sa spiritualité devenait profonde. Ça s'est accentué encore plus nettement après qu'elle a publié son livre sur son père.
À l'hôpital, Mireille m'avait confié qu'elle n'avait pas peur de mourir. Elle m'a dit : "D'ailleurs, j'ai déjà la tête dans les nuages." »

3. « Louisette », ou « Louison », est la tante d'Anthony qui a initié Mireille à la numérologie.

Véronique de Villèle :
« Mireille a été mon amie pendant plus de cinquante ans »

Anthony s'en va, et je réalise en questionnant tous ces gens qui ont connu Mireille combien elle leur a donné d'amour. J'appelle Véronique de Villèle, qui a été l'amie de Mireille pendant plus de cinquante ans. Véronique me confie des photos.

Elle confirme ce qu'Anthony disait à propos de leurs exploits. Elles se sont rencontrées en 1965 parce que Mireille cherchait une assistante pour aller avec elle au Liban sur le tournage de *La Grande Sauterelle*. Elle avait demandé à Véronique si elle connaissait quelqu'un. Véronique n'avait pas réfléchi, elle a démissionné de chez Carita où elle travaillait à l'accueil et a déclaré dans un sourire lumineux que l'assistante, eh bien, c'était elle. Il fallait d'abord avoir l'accord de ses parents, car Véronique avait à peine 18 ans, et sa famille ne rigolait pas avec leur fille. Mireille à l'époque était l'actrice hypersexy, qui affichait sa liberté. Véronique lui a expliqué la situation, Mireille a pouffé de rire en répondant qu'elle avait l'impression de la demander en mariage. Elle a enfilé un col roulé blanc pour être sobre et sage, et les voilà parties. Les parents, conquis dans la minute, ont accepté avec joie.
Véronique me confirme qu'elles ont fait des choses incroyables. Elle me raconte les débuts de la maison de Douchy.

« Un jour, on arrive dans le bureau d'Alain Delon qui nous dit : "Je viens d'acheter une colonie de vacances. Demain, vous décollez, vous faites des photos, et toi Véronique, tu as intérêt à ne pas les louper." C'était Douchy. On a survolé la bâtisse en hélicoptère, et c'est comme ça qu'on a découvert cet énorme château. Une ancienne colonie de la Caisse de la Sécurité sociale. Il y avait deux cents bidets dehors, ça m'a marquée. Alain nous déclare : "Vous allez faire un lac à la place du château." On a dit d'accord, on est sorties de son bureau, on a beaucoup ri. Et on l'a creusé son lac ! On a même mis des canards dessus. Mireille était une magicienne, rien ne lui faisait peur. Alain voulait aussi une piste de bowling comme celle du bois de Boulogne. On l'a faite aussi ! Dans un hôtel particulier à Aix-en-Provence, Alain voulait une piscine cette fois. Mireille a fait bloquer la rue, fait rentrer une pelleteuse près des enceintes classées Monument historique, et a expliqué aux ouvriers comment passer par-dessus pour creuser. C'est dans cette piscine qu'Anthony a appris à nager. On s'était amusés comme des fous un après-midi en louant des bouteilles pour faire de la plongée sous-marine dans la piscine. Avec Mireille, tout avait l'air facile.
Lorsqu'elle parlait de ses petits-enfants, c'est là qu'elle était la plus lumineuse. Elle était reconnaissante envers Pascal de lui avoir donné une famille. Elle adorait les enfants, tous. C'était viscéral.
Mireille, c'est une aventurière, une femme libre, d'une élégance rare. Avec elle, je suis allée au bout du monde, à Hong Kong, au Brésil, au Liban. On se parlait quasiment tous les jours. Elle était comme ma sœur. Notre amitié a duré plus de cinquante ans. Elle était un puits de tendresse et de lumière. »

Élisabeth Noyel : « Petite sœur de galère »

Dans mon voyage vers Mireille, il est une personne incontournable, pour qui Mireille avait une tendresse particulière. C'est Élisabeth Noyel. Elles se sont connues en 1988, à la mort de Pierre Barret, le compagnon de Mireille à cette époque. Il était mort à 52 ans, d'un cancer du foie qui l'a emporté très vite et a laissé Mireille dans une grande souffrance. Elle s'était remise de son accident de voiture, de sa rupture avec Alain Delon, et était heureuse avec lui.
Élisabeth et elle sont restées amies pendant plus de trente ans, et Mireille est la marraine de sa fille Anastasia.

« Tu le sais, Pascal, ma rencontre avec Mireille a été puissante. Elle venait de perdre Pierre Barret, et le sentiment d'abandon qui parfois la saisissait est revenu avec force. Mireille a très souvent répondu "présente" pour beaucoup de gens qui traversaient des périodes difficiles. Cette fois, c'est elle qui venait chez nous, trois, quatre fois par semaine. On la réchauffait, elle se sentait chez elle avec nous. Elle détestait les au revoir, et quand il fallait se séparer, elle partait très vite. Quand je suis tombée enceinte, Mireille m'a dit qu'elle aimerait être la marraine de l'enfant. Nous étions heureux qu'elle ait cette idée. Elle était en voyage quand j'ai accouché. Elle m'a dit qu'elle était entrée dans une église et qu'un prénom lui était venu : celui d'Anastasia. Nous l'avons adoré et adopté tout de suite. C'est très typique de Mireille, d'être inspirée dans une église pour trouver un prénom, comme si elle l'avait "reçu". Si je devais donner deux mots pour la qualifier, je dirais engagement et fidélité. Elle avait une façon de s'investir dans ses actes, ses relations avec les gens, ce qu'elle entreprenait, qui est très rare. Sa rencontre avec toi, Pascal, lui a permis de vivre un amour qui lui donnait de l'espace pour créer. Elle était enfin rassurée.
Elle qui ne pouvait pas avoir d'enfant a fini par en être entourée. Anastasia a pris un côté de Mireille que j'aime énormément : "On dit ce qu'on a à dire, mais pas plus. On ne s'épanche pas inutilement, on exprime ses émotions par des actes." Mireille était assez secrète et intériorisée, et c'était sa force. Elle a fortement influencé Anastasia, parce que c'était une vraie marraine. Une marraine aimante, présente et investie. Elle a été là pour ma fille à toutes les étapes de sa vie, l'a accompagnée de toutes les façons possibles.
Moi, je la considère comme ma sœur. Nous avons eu un coup de foudre amical. Nous nous sommes reconnues.
Je suis partie au Canada pour y vivre quelques années, et pendant ma traversée du pays, Mireille m'appelait tous les jours. Elle admirait le fait que je

traverse l'Atlantique, alors qu'elle était descendue de l'avion qui l'emmenait vers Hollywood[4].
Je me souviens de promenades au jardin Albert-Kahn où Mireille aimait emmener Anastasia.

Anastasia refusait de marcher. Mireille lui a expliqué que le jardin était plein d'elfes et de fées, et qu'elle allait faire ses premiers pas à cet endroit. Bien sûr, ça s'est réalisé, et Anastasia a commencé à marcher...
Mireille a acheté un olivier à la naissance de ma fille, et quand nous sommes partis vivre en Afrique, l'olivier a été replanté à Boulogne, puis comme Mireille le trouvait malheureux là-bas, il a terminé son voyage dans le sud de la France où il est toujours. Je suis heureuse de penser à cet arbre.

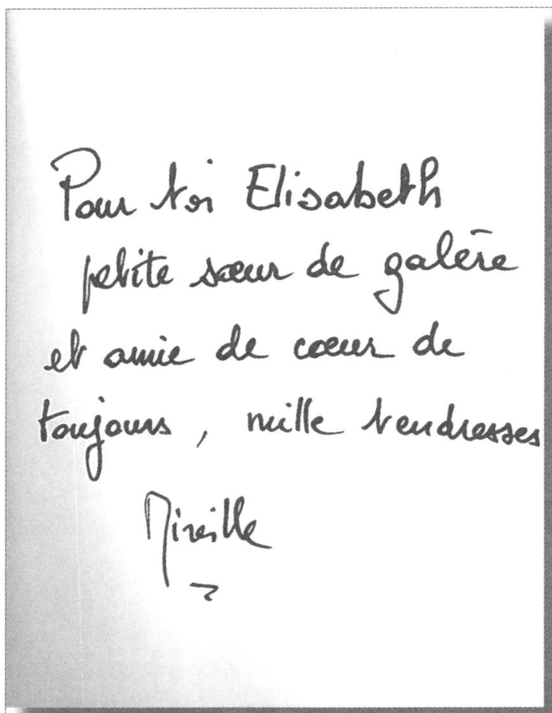

Alors qu'Anastasia était toute petite, Mireille l'avait gardée toute la journée. Nous sommes rentrés le soir, et Mireille avait les manches relevées, les cheveux en bataille, les joues rosies. Elles étaient allées rendre visite à Pierre Hebey, dont l'appartement recelait une superbe collection d'art. Anastasia avait couru dans tout l'appartement, mettant en péril des objets d'art, des pièces rares, fragiles et d'une valeur inestimable. Ensuite, elles étaient parties acheter quatre tenues complètes pour ma fille, et en rentrant à la maison, Mireille avait ouvert à Anastasia qui s'était engouffrée chez elle et avait claqué la porte en laissant Mireille dehors avec les paquets. Elle jouait tranquillement avec un boulier pendant que Mireille essayait de lui faire ouvrir. Mireille a fini par récupérer des clefs de secours, a bien engueulé Anastasia, et l'a baignée et changée pour qu'elle mette ses jolis vêtements neufs. Puis elle est sortie deux minutes, et quand elle est revenue, Anastasia était tombée dans la baignoire tout habillée. Mireille, épuisée, m'a avoué à mon retour : "Ça sera mieux quand elle aura grandi."
Ces deux-là éprouvaient un amour très fort. Et c'est Anastasia qui a organisé son enterrement. C'est triste et beau à la fois.
L'amour de Mireille était pur, sans jugement aucun. Elle m'a beaucoup aidée. Quand Anastasia avait 13 mois, nous sommes partis en Afrique, et là-bas, ça s'est très mal passé. Nous avons été victimes d'attentats. Nous devions gagner la Sierra Leone depuis Istanbul en bateau et le voyage a failli être annulé. J'ai vécu un mois chez Mireille avant de regagner le Sénégal. Elle vivait mal notre départ. Nous avons regagné Dakar en avion. La traversée était rude, nous avions des cafards dans nos chaussures. La Sierra Leone est un pays magnifique, mais dangereux. Nous

4. L'histoire est connue : en 1966, Mireille était une immense star en France, et on lui a organisé un voyage pour Hollywood afin de poser les premiers jalons de sa carrière internationale. Elle est descendue de l'avion avant le décollage. Elle ne se voyait pas jouer en anglais, ni faire carrière aux États-Unis. Dans cet avion, elle s'était soudain sentie très seule.

vivions dans une maison au milieu de la jungle, et Anastasia a grandi les pieds nus, dans la nature. Elle se baignait dans le lagon et avait une nounou qui la portait enveloppée dans un tissu. En 1993, un commando armé a surgi chez nous. Anastasia était au lit. Du haut de ses 2 ans, elle a repoussé un militaire qui essayait de lui arracher sa médaille. Elle lui a dit : "*Don't touch me, go out.*"
On a eu beaucoup de chance de ne pas être tués. Après, nous avons fui en Gambie. À notre retour en France, j'ai divorcé, et Mireille m'a beaucoup entourée. Anastasia avait 7 ans alors.
Mireille avait une foi profonde, ça la portait et lui permettait de dépasser tout ce qu'elle a dû traverser. Elle a beaucoup lu, Charles de Foucauld et le désert étaient importants pour elle. Le silence et la nature étaient une façon de se connecter à la foi, d'être reliée. Marie Madeleine était aussi une figure qui a beaucoup compté pour Mireille. Je crois que c'était une forme de projection. Elle me disait "tu es Marthe, et moi Marie Madeleine".
Ce mot qu'elle m'a écrit, "petite sœur de galère", est juste. Je ne pensais pas que nos chemins seraient unis pour si longtemps. Je l'ai accompagnée de la mort de Pierre Barret à la sienne. Mireille était devenue une présence. C'était une exploratrice aussi. Et elle arrivait à donner l'impression à chacun qu'il était important. Elle était aimante. Bienveillante. »

Léa :
« Mireille était une fée »

J'appelle Léa, qui était une autre filleule de Mireille. À la mort de sa mère, Lyne Chardonnet, Mireille s'est occupée d'elle. Cette gamine est remarquable. Comme tout le monde, elle est heureuse d'évoquer Mireille avec moi. Elle m'explique que sa mère et Mireille étaient comédiennes toutes les deux lorsqu'elles se sont rencontrées.

« Mireille était ma marraine, et Edouard Molinaro mon parrain. Je sais que maman et Mireille étaient très proches, et qu'elles ont traversé la maladie toutes les deux. Elles se sont épaulées. À la mort de maman, Mireille a continué de me voir. Elle m'emmenait au Printemps choisir des cadeaux pour mon anniversaire. Tout le monde la reconnaissait ! Je l'ai toujours perçue comme une fée. Elle s'était engagée auprès de ma mère à veiller sur moi, et elle l'a fait. Quand je me suis installée dans mon premier studio à 18 ans, elle m'a offert des tas d'objets. Notamment des bols que j'adore et que j'ai toujours. Je les aime parce qu'ils lui appartenaient, et qu'elle me donne quelque chose à elle avait beaucoup de valeur à mes yeux. Elle m'offrait aussi des choses très chics, de belles montres que je trouvais trop luxueuses pour moi. J'aimais les bols, et l'attention qu'elle avait mise derrière. Et la cuisine était une affaire sérieuse pour Mireille. C'est elle aussi qui a financé mes études, car j'étais fâchée avec mon père. Elle n'a pas hésité une seule seconde. Je n'avais personne, et elle était là pour moi.

Mireille parlait très peu d'elle et de ce qu'elle faisait. Quand je lui posais des questions, elle bottait en touche. Elle a eu une vie difficile parfois, et je crois qu'il ne faut pas creuser sous la carapace. Mireille était à l'écoute et me soutenait beaucoup. En revanche, si je me plaignais, elle pouvait devenir dure et m'arrêtait d'un “arrête de te plaindre, avance plutôt”.

C'était une femme en recherche, très spirituelle, dans tous les sens du mot. Elle aimait l'astrologie, aussi. Elle avait des cartes, un pendule… Elle a eu plein de filleuls. Je pense au fils de Michel Sardou, par exemple, mais je sais qu'il y en avait d'autres. Elle avait toujours du temps pour les autres, elle offrait son amour, son écoute sans compter. Elle aidait plusieurs associations, et les enfants la touchaient particulièrement. J'ai eu une chance incroyable de l'avoir croisée. »

Mariane Peyrefitte :
« Mireille était beaucoup dans les actes d'amour »

Mireille était une merveilleuse cuisinière et prenait cela très au sérieux. Elle s'était formée auprès des plus grands. C'est Poujauran qui lui a appris à faire le pain par exemple ! Une fois, elle a quitté une soirée où on lui a proposé de rencontrer Bob Dylan parce qu'elle avait mis un poulet à rôtir. Je n'en revenais pas. Le poulet était bien plus important à ses yeux. Sans doute parce que la cuisine était une façon de plus d'être connectée aux autres et au monde, une façon de plus d'exprimer sa joie de vivre, sa sensualité et son merveilleux talent pour exceller dans tout ce qu'elle entreprenait.
Nous aimions rendre visite à un couple d'amis qui sont devenus intimes avec le temps, Mariane Peyrefitte et son époux. J'interroge Mariane pour le livre et elle me rappelle leur rencontre. Mireille et Mariane, c'était un coup de foudre amical. Encore un. Elle se souvient d'un week-end où nous étions allés les voir. Ils venaient d'acheter une maison en ruines, et nous avions, tous les quatre, passé des moments de rêve ensemble. Mireille était douce, lumineuse, elle avait fait des photos de la maison qu'elle leur avait offertes, et moi, j'avais conçu un plan.

« Tu te souviens ? Mireille avait sa chambre à la maison. Elle avait débarqué, pendant les travaux, avec une valise de 50 kilos de nourriture ! » En effet, nous avions bien ri, à Roissy, en passant avec cette énorme valise. Mireille avait fait des kilomètres pour acheter les meilleurs poissons, les meilleures épices, des légumes magnifiques, des sacs réfrigérés… Les policiers l'avaient reconnue et nous avaient laissés passer.

« Mireille était beaucoup dans des actes d'amour. Dans les actes plus que dans les mots. La cuisine en était un. On se promenait beaucoup aussi. Elle avait choisi un énorme chêne devant lequel elle faisait une prière. Elle lui parlait. Son arbre est toujours là, tu sais. Elle adorait la nature, et les immensités. Les déserts surtout. Peut-être que ces paysages faisaient écho à son immense besoin de liberté… C'est sans doute la personne la moins mondaine que je connaisse. Et tellement bienveillante. Ses intérêts étaient ailleurs. Elle était féministe. Mais pas du genre qui aboie. Féministe dans la bienveillance. Elle s'intéressait aux prostituées, aux religieuses. Elle respectait les secrets, et la différence.
Avec Mireille, je parlais, je me confiais, alors que je suis psychanalyste. Elle ouvrait des portes, par son écoute entière et sans jugement. Elle avait d'immenses qualités, très frappantes. Elle ne se laissait jamais marcher sur les pieds. Et faisait ce qu'elle voulait, comme elle le voulait. Elle est aussi restée fidèle à ses amours. Alain, Pierre… Quand elle aimait, c'était pour toujours. Elle savait que beaucoup de gens l'attendaient après sa mort. Elle était dans une sorte de communication avec l'au-delà. Dire cela, c'est risquer d'être ridicule, mais je peux le raconter parce que c'était elle : sa façon

de communier avec la nature, son rapport aux arbres, aux animaux, aux êtres en général. L'au-delà, l'invisible était une continuité de sa façon d'être. C'était étrange, lumineux et très apaisant. Ses textes parlent de son rapport à la mort et au monde. Ils disent cette connexion qu'elle avait avec ces choses.
Sa dernière soirée était magnifique. Elle écoutait de la musique, elle était belle. Elle avait l'air d'avoir 18 ans. Elle souriait. Et je sais qu'elle est morte apaisée. Elle s'est juste éteinte. Il y avait quelque chose d'un peu surnaturel chez elle, parce qu'elle était totalement vraie et naturelle, en communion avec la nature et le monde.
Le pardon était très important. Parfois, elle me faisait penser à une sainte. Une sainte très terrienne, entendons-nous ! Je dis ça car je songe à ses prières. Des prières concrètes. Depuis que Mireille est partie, mon mari, qui est juif, continue d'aller à l'église. Ça, c'est elle ! Elle laisse des traces indélébiles dans le cœur des gens, elle était si forte.
Ses reportages constituent une œuvre. Elle aimait les femmes. Physiquement. C'était ancré, en elle. À cause des sujets qu'elle traitait, c'était parfois très violent. Mais elle continuait, comme un vaillant petit soldat. Il y avait une phrase qui l'avait frappée, et qu'elle gardait sur son bureau : "Arrêtez le monde, je veux descendre."

Son monde intérieur n'a cessé de s'enrichir. Alors que la star avait cessé de travailler, la femme grandissait. Mireille, c'était une combattante dans la douceur.
Son style aussi disait quelque chose : elle était souvent en veste noire et chemise blanche, comme un uniforme. Avec sa fameuse et invariable coiffure. On la reconnaissait en deux secondes, elle était une silhouette unique, et je crois qu'elle se cachait derrière. Elle était aussi d'une extrême exigence et ne se laissait jamais, jamais, jamais aller. Mireille avait une grande rigueur, une grande classe. Elle était toujours impressionnante. Et complexe aussi. Elle a connu d'immenses chagrins, des accidents violents, elle a frôlé la mort plusieurs fois et en est sortie avec plus de lumière à chaque fois. Lorsque je l'ai rencontrée, elle avait déjà fait tout ce chemin, et surmonté toutes ces épreuves. Je la dirais pure, forte, comme un cristal de roche.
Elle était secrète aussi. Et ne revenait pas en arrière. Mireille était toujours tournée vers l'avenir, en mouvement. Elle cheminait. Et comme elle détestait la plainte, elle pouvait être sévère aussi.
Elle avait une passion pour les fleurs. Les orchidées. Elle allait aux halles de Rungis et achetait des brassées de fleurs blanches et des anémones (les blanches avec un cœur noir). Elle aimait être dans son potager avec ses petits-enfants. »

Arretez
le monde

etez
monde
eux
cendre!

Je questionne Mariane sur ses tournages. À moi, Mireille ne racontait pas tellement ce qu'elle faisait. Mariane me confie qu'à certains moments, c'était extrêmement difficile. Les femmes qu'elle rencontrait pouvaient être dures. Mireille savait leur donner de l'importance. Et souvent, les femmes qu'elle avait vues pour ses reportages gardaient le contact. Mireille, elle, sortait épuisée de ces sessions. Elle donnait tellement…

Mariane poursuit.

« En vingt ans d'amitié, elle ne m'a parlé de sa mère qu'une seule fois. Changer de nom, devenir blonde a fait partie de son processus pour s'accepter et transformer Mireille Aigroz en Mireille Darc. Je pense qu'elle a dû traverser des choses très difficiles dont elle n'a jamais parlé. Mais le pardon était ce qui comptait au final. Elle a même consacré un documentaire à ce thème. À la fin, elle était en paix avec ses parents. Son dernier mot a été "Maman". Avant de pardonner, elle était révoltée, portait beaucoup de colère. Pardonner l'a libérée. Ses combats intérieurs étaient puissants, mais elle est née forte et est devenue comme une sainte. Les femmes auxquelles elle s'intéressait sont "descendues du monde" pour reprendre la phrase de la carte. Les religieuses, les SDF, les femmes en prison… Pour moi, les poèmes parlent de ça : le vu et le non-vu, la transparence et l'obscurité. Mireille s'était dépouillée de tout le superflu. Elle communiquait aux autres "de cœur à cœur". Et elle détectait immédiatement quand on parlait vrai. Elle n'était jamais dans le bavardage. Nous avions des conversations vraies. Les enfants, particulièrement, la touchaient. Je crois qu'elle recherchait en eux quelque chose de l'enfance pour reconstruire la sienne. Il existe tellement de photos où elle a des enfants dans les bras. Et on sent qu'il se passe quelque chose de fort.
Tout était puissance mille chez Mireille. Je sais qu'elle était contente de mourir aussi belle. Elle tenait beaucoup à son apparence physique. À l'hôpital, elle se faisait faire les mains. C'était par respect pour elle et pour les autres. Elle adorait la beauté. La beauté des femmes, la beauté d'un tableau, la beauté de ses modèles. Elle adorait l'infini de la mer aussi. Elle regardait le soleil. »

Mariane et moi nous taisons. Nous n'avons plus envie de parler. Nous sommes émus.

MD
M

Minou Azoulay · Dauchez · copropriété

bd Haussmann
75008 Paris

A B C

raciné · rouge · Lang
sacré · orange · wang
plexus · jaune · rang
cœur · vert · yang
gorge · bleu · hang
3e œil frontal · indigo · om
violet · couronne

Pascal Bon
rue Georges Court
de Cahneuil

Tarte aux pommes
prép. 10 mn - cuisson 20 mn
200 g pâte feuilletée
6 pommes reinettes
2 pommes granny-smith
80 g de cassonade
75 g de beurre demi-sel
3 cl calvados
Étalez la pâte feuilletée sur 2 mm et posez-la sur la plaque du four. Laissez-la reposer au réfrigérateur le temps de prépa-rer les pommes.
Épluchez 3 reinettes, évidez-les, coupez-les en petits cubes. Faites fondre 25 g de beurre dans une sauteuse et faire blondir les pommes. Versez le calvados et laissez-le s'évaporer à feu vif. Laissez ensuite cuire les pommes jusqu'à l'obtention d'une compote - 10 mn environ. Laissez-la refroidir.
Épluchez les 3 autres reinettes et coupez-les en lamelles de [illegible] d'épaisseur.
Allumez le four à 210°. (th 7)
Étalez la compote cuite et refroidie sur la pâte feuilletée sur une épaisseur de 1 mm. Couvrez-la avec les lamelles de pommes, parsemez de cassonade et du reste de beurre en petits morceaux.
Glissez au four et laissez cuire 20 mn jusqu'à ce que la pâte soit cuite et que les pommes soient dorées et caramélisées.
Rincez les granny smith et épongez-les. Sortez la tarte du four et au tout dernier moment à l'aide d'une mandoline râpez les pommes en co[illegible]. Servez la tarte cou[illegible] en rectangle géné[illegible]

GAMARD GABRIELLE

prép. 15 · marinade 2 h
cuisson 5 mn
Filet de St. Pierre à la braise
pour 4 pers.
4 filets St. Pierre
3 tomates cœur de bœuf
1 concombre
2 avocats
5 citrons
1 botte coriandre fraîche
1 cuill. à café marjolaine ciselée
1 salade romaine
2 cuill. à soupe d'huile d'olive
Rincez la coriandre, effeuillez-la et ciselez grossièrement les feuilles. Pressez 2 citrons et versez leur jus dans une terrine. Ajoutez la moitié de la coriandre, la marjolaine et l'huile. Mélangez les filets de poisson dans cette mari-nade et laissez reposer 2 h au réfrigérateur en les retournant de temps en temps.
Pelez les tomates, le concombre, et les avocats et coupez-les en petits cubes. Pelez les citrons à vif et coupez leur pulpe en petits cubes. Mélangez tomates avocats concombre et citrons et réservez au réfrigé-rateur.
Égouttez les filets de St. Pierre au bout de 2 h et faites-les griller sur les braises d'un barbecue et sur un gril de contact dans une poêle antiadhésive sèche ou a[u] gril du four de 3 à 5 m[n] selon l'épaisseur des fil[ets]. Rincez la salade et égo[uttez]-la. Servez les filets de p[oisson] entourés de salade et de p[etits] ~~salade~~ légumes.

TM 114

E F

1er mouvement goût

A 29 09 31 28 22

B 19 16 18 15 26

2e mouvement ouï

A 35 24 33 07 30

B 19 16 13 07 30

…lle

…4 33 11 35

…tes d'agneau
… 20 _ cuisson 15 mn
…s.
…paule agneau desossée
…l hachée
…epaule de veau desossée
…chée
… d'oignon rouge
…de mie de pain
… de lait
…s
… persil hachée
…c de raz el hanout

1 pincée de piment doux
2 cuillère à soupe de pignons
1 cuill. à soupe de citron confit hach…
2 carottes
200 g de côtes de blettes
20 olives vertes épicées
60 g de dattes dénoyautées
4 figues séchés
60 g de raisins secs
2 morceaux de citron confit
1 ~~dcl~~ dl de bouillon de légumes
1 dl d'huile d'olive

Préparez les boulettes : émiettez le pain et laissez le tremper dans le lait. Pelez l'oignon et ciselez le.
Mettez les viandes dans une grande terrine. Ajoutez les oeufs, les oignons les herbes, les épices, les pignons, le citron et le pain en l'égouttant et en le pressant entre vos mains. Mélangez bien le tout et formez des boulettes.
Pelez les carottes et coupez les en rondelles de 1 cm. Épluchez les côtes blettes et coupez les en morceaux de 1 cm.
Faites chauffer l'huile dans une sauteuse et faites y colorer gentiment les boulettes sur toutes les faces. Égouttez les et éliminez l'huile. Remplacez la par le bouillon, puis ajoutez les carottes et les blettes. Rajoutez les boulettes et laissez mijoter 10 mn.
Ajoutez ensuite les olives, les dattes, les figues, et les raisins.
Mélangez 2 mn puis servez : le jus doit être parfumé mais léger un peu comme le bouillon de couscous. Servez ces boulettes chauds avec 150 g de quinoa cuit à la vapeur avec des pistil de safran

reconnaissance cœur ardent

04 33 37 08 30

32 23 31 12 08

Catherine Enjolet :
« Mireille était un merveilleux alchimiste »

Je continue de trier ses affaires et ses carnets. Mon voyage vers Mireille est douloureux et libérateur. Il m'interroge, et au détour d'une page de carnet ou d'une photo, je la retrouve. Je tombe sur une interview que je reproduis ici car réalisée par une amie proche, Catherine Enjolet. Les questions et les réponses la racontent avec justesse et abordent des thèmes inhabituels pour un magazine de mode. C'est aussi l'occasion d'appeler Catherine, qui a été sa complice, et qui s'est investie comme elle pour Clarins. Elles étaient des « Femmes dynamisantes » toutes les deux. Catherine est écrivain, et l'amour des livres les rapprochait aussi.

« Voyage au cœur »
Interview par Catherine Enjolet parue dans *Soon Magazine*

MIREILLE DARC *VOYAGE AU CŒUR*

Par Catherine Enjolet

"Les Hommes prennent des rapides, mais ils ne savent pas où ils vont", écrivait Saint-Exupéry. Quelle est donc l'intuition de certaines femmes d'exception? L'actrice, réalisatrice et photographe livre sa perception...

***SOON:* Le cinéma, la photo, les missions humanitaires, les voyages tiennent une grande place dans votre vie.**

MIREILLE DARC: Voyage? C'est un mot que j'associe à découverte, à connaissance de l'autre, à imaginaire... J'ai l'impression de voyager en permanence, y compris grâce aux technologies qui propulsent partout dans le monde. Le voyage, c'est une curiosité permanente, un besoin d'ouverture, une recherche de nouveaux savoirs.

Votre voyage le plus lointain?

Celui que je fais en permanence dans l'imaginaire. Mais toute nouvelle rencontre est aussi un voyage, toute nouvelle connaissance. Les œuvres aussi me font voyager, peinture, musique. L'art est un voyage.

Un voyage immobile?

Un voyage immobile peut mener loin. Un roman, un regard, un parfum peut vous conduire où l'on n'imagine même pas.

Chaque tournage est-il un voyage?

Je voyage à la rencontre de l'autre, je voyage dans la psyché, d'âme en âme, allant au cœur de l'émotionnel.

Vos documentaires sont des voyages vers l'inconnu, la mort, la souffrance...

Je vais jusqu'aux frontières de la peur. J'accompagne l'autre dans son parcours. Je me mets à son écoute, je laisse venir ce qui doit émerger.

Vous ne vous contentez pas de donner à voir la souffrance, vous agissez. On vous retrouve au «cœur» des grandes causes.

Cela fait partie de moi, de ma vie. Je ne m'engage pas par hasard. Tout fait sens. Donner, partager, c'est aller au-delà de soi.

Quel est votre rapport à la nature, au grand tout?

Le désert offre un voyage intégral entre soi et l'univers. Le «rien» donne accès au grand tout. Là, il n'y a plus de questions, plus de peur. C'est un contact avec le cosmos, c'est une approche de ce qui nous dépasse et un moment d'acceptation totale. Le réel du voyage n'est qu'une part d'un voyage tellement plus ample que l'on peut l'appeler spirituel.

Le mot "ailleurs" prend avec vous une dimension singulière.

Je voyage dans le temps, dans l'espace, mon imaginaire est sans frontière. C'est un mouvement perpétuel qui me protège de l'immobilisme ou des certitudes. Cela me m'empêche pas d'apprécier les destinations qui me sont chères. J'aime retrouver ce qui m'est familier. Je ne me lasse pas de voyages à New York ou à Tanger et de la sensation de me sentir chez moi parce que j'y reconnais une ambiance, une lumière.

Explorez-vous le passé? Quelle place pour hier?

Je ne me retourne pas. Je crois avoir fait le chemin nécessaire. Ce n'est pas le plus facile. Plus besoin de voyage dans le passé, c'est fait.

L'avenir?

Je m'en fiche. Je suis dans le ici et maintenant. Dans l'instant. Toute entière ancrée dans le présent.

SOON **电影，摄影，慈善活动，在您的生活里旅行占了很大位置。**

MIREILLE DARC： 旅行？我把这个词和探索，发现，结识他人，想象相连接…… 我觉得我总是在旅途中，包括现代高科技的推动下去世界各地漫游。旅行，是保持不变的好奇心，开放的需求，和追寻新知识.

您旅行到过的最远的地方？

是我经常想象中去的地方。结识新朋友也是一种旅行，新相知。艺术作品，比如绘画，和音乐，也带我去旅行 。艺术本身就是一种旅行。

静止的旅行？

静止的旅行可以将人带到很远的地方。一本小说，一次回眸，一线香韵都可以将您带到无法想象的地方。

每次拍摄影片都是一次旅行吗？

我为结识他人而旅行，在镜子里旅行，从一个灵魂到另一个灵魂，直到情感中心。

您拍摄的纪录片是向未知，死亡和痛苦发问的旅行……

我要一直前进到恐惧的边缘 。我陪伴着他或她去经历。我会去倾听，让需要浮上的东西显现。

您不仅仅是去观察痛苦，您也做出行动。我们经常在大型的慈善活动中心看到您的身影。

慈善事业是我的一部分，我生活的一部分。投身其中不是个巧合。所有这些都有意义。给予，分享，就是跳出自己的手掌心。

您和自然，和大宇宙的关系是怎样？

沙漠给我们提供了一个完整的自我和宇宙之间的旅行。《无》是大有的开门钥匙。这里无有疑惑，无有恐怖，和星宇的接触，是一种完全超越我们上的广褒。

***SOON:* With movies, photography, and humanitarian missions, traveling takes up a fair share of your life, doesn't it?**

MIREILLE DARC: Traveling? It's a word I associate more with discovery, getting acquainted with others, imaginary worlds... I feel as though I were traveling all the time, including thanks to new technologies, which allow you to be propelled anywhere in the world. Traveling means constant curiosity, a need for openness, a thirst for new knowledge.

Your furthest destination?

That which I always go to in my imagination. However, each new encounter is also a journey in itself, as is any form of additional knowledge. Various works make me travel – paintings, music. Art is a voyage.

A still journey?

A still journey can take you very far. A novel, a glance, a fragrance can take you places you wouldn't even imagine.

Is each film shoot a journey?

Meeting others is a journey, I travel in their psyche, I explore souls and go to the far reaches of emotions.

Your documentaries are journeys towards the unknown, death, suffering...

I aim for the frontiers of fear. I accompany others as they travel down their own paths. I listen to them and I let emerge what may.

You don't just witness suffering, you act upon it. We find you "at the heart" of many important causes.

It's part of who I am, of my life. I don't get involved haphazardly. Everything has a meaning. Giving, sharing, means going beyond oneself.

What is your relationship with nature, the great all-encompassing?

The desert offers an integral journey between yourself and the universe. This kind of "nothingness" paves the way for the great all-encompassing. There, all questions, all fears vanish. You're in contact with the cosmos; you are closer to something that is well beyond you and achieve a state of complete acceptance. The reality of traveling is only one part of the journey, which itself is something even broader than something you might call spiritual.

The world "elsewhere" takes on a particular meaning with you.

I travel in time, in space; my imagination is boundless. It's in perpetual movement, which protects me from immobility or certainty. This doesn't prevent me from enjoying my favorite destinations. I like going back to familiar places. I never get tired of going to New York or Tangier, with that feeling of being at home because the light and the atmosphere are familiar.

Do you explore the past? What is yesterday?

I don't look back. I believe I've come a long way, and it wasn't the easiest. But there's no need to travel back into the past, I've been there.

What about the future?

I don't really care. I'm in the moment, here and now. I'm fully anchored in the present.

Je demande à Catherine Enjolet de me parler de leur lien. Catherine me rappelle qu'elles s'étaient rencontrées au prix Clarins. Mireille avait accepté d'être une « Femme dynamisante » parce que Clarins aide des associations qui viennent au secours des enfants. Les enfants, toujours les enfants…
Catherine me révèle qu'elles sentaient un lien particulier entre elles, comme si elles étaient sœurs. Toutes les deux ont connu une enfance traumatisante, et elles se sont reconnues dans la souffrance dépassée, le chemin accompli pour aller vers les autres. Toutes les deux avaient pris fait et cause pour les enfants en difficulté.

« Assez vite nous avons parlé de faire un documentaire ensemble. Je suis une enfant abandonnée, Mireille a connu l'enfance que l'on sait, aussi l'idée de tourner à l'orphelinat de Saint-Vincent-de-Paul a germé assez naturellement. Il est très difficile d'y accéder, et il se trouve que j'avais les accès nécessaires. Nous y sommes allées ensemble. Mireille a été bouleversée. L'endroit lui a paru carcéral, lugubre. Au premier étage du bâtiment, se trouvent les enfants tout petits qui tendent les bras lorsqu'on arrive. À l'étage suivant, il y a ceux de 4 ans. Eux ne vous regardent pas, car ils savent que vous ne les prendrez pas. L'étage au-dessus est réservé aux ados. Mireille était très discrète. Je racontais aux ados que je venais de là moi aussi, pour qu'ils m'acceptent. Ils disaient : "Dans tant de jours, je vais sortir." Comme des prisonniers. Mireille avait retenu cela, le fait qu'ils comptaient les jours. Elle n'avait pas aimé les barreaux aux fenêtres aussi. Nous attendions l'équipe pour faire des repérages, et une femme faisait les cent pas devant le bâtiment. Elle pleurait. Mireille est allée lui parler, et la femme lui a expliqué qu'on ne voulait pas lui rendre sa fille. Cette femme aussi était orpheline. Il y avait là une fatalité insupportable. L'histoire se répétait. Les barreaux, les ados qui comptaient les jours, l'histoire de cette femme ont fait que Mireille a renoncé à tourner le documentaire. Elle s'est pourtant frottée aux sujets les plus difficiles, à la souffrance profonde. Mais cette fois, c'étaient des enfants. Émotionnellement, c'était trop dur, et je crois que c'est l'unique fois où Mireille a fait

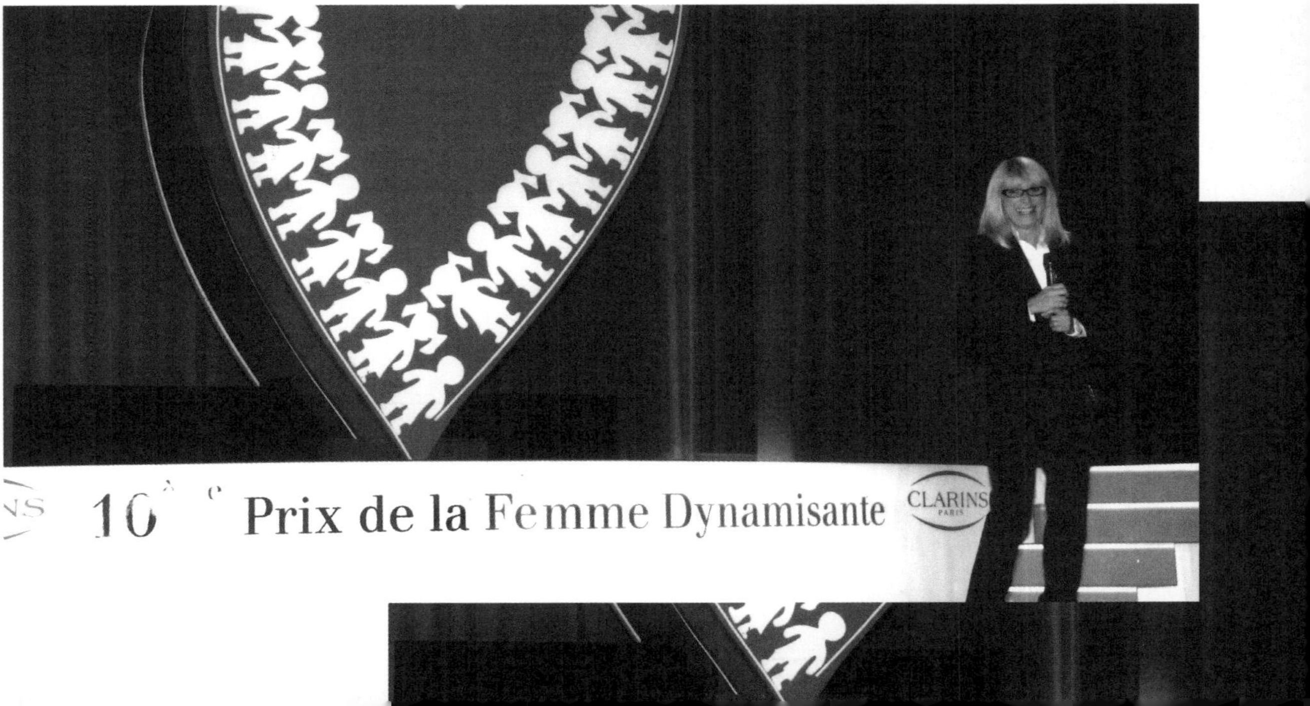

machine arrière. Elle me disait de lui laisser le temps nécessaire pour prendre de la distance et être capable de se colleter avec ce sujet, mais, alors qu'elle a pu traiter de choses si dures, la souffrance des enfants, l'abandon l'ont fait reculer. Le documentaire qu'elle a tourné par la suite traitait de la prostitution. Elle m'a souvent parlé de son enfance. Comment son père, en faisant mine de se pendre à cause d'elle dans le grenier, a transformé sa vie. Comment elle se sentait rejetée par cet homme. Plus tard, elle a écrit un livre pour raconter cette histoire et comment elle est partie sur les traces de son vrai père. Elle a fini par transformer son malheur. Elle était fragilisée de l'intérieur et a avancé avec ses failles. Quand on baigne dans le milieu de la mode et du cinéma, ce n'est pas évident. Mais elle, elle est devenue plus forte. Elle a changé son nom, sa couleur de cheveux, et Mireille Aigroz, enfant aux cheveux noirs, rejetée, sans un sou, est devenue Mireille Darc, solaire, forte, libre. Les Noëls avec toi, Pascal, comptaient beaucoup. Et les enfants aussi. Les tiens, ses filleules, ceux qu'elle a aidés et accompagnés. Elle a remplacé les liens du sang par les liens du sens. Parfois, elle se mettait en danger. Lorsqu'elle a tourné son documentaire sur l'excision, elle est allée au cœur de la souffrance des femmes qu'elle a filmées. Elle a enregistré alors qu'elle était malade et pouvait à peine marcher. Mais elle s'était engagée, elle voulait aller au bout. Depuis un an ou deux, elle se sentait fatiguée, mais elle ne se reposait pas. Elle disait qu'elle avait apprivoisé la mort. Elle allait vers autre chose. Le dernier soir, elle a suivi son rituel de beauté et a coiffé sa magnifique chevelure. Elle se faisait belle pour son passage vers autre chose. Elle avait cette perception du monde comme un tout harmonieux. On le lit très bien dans ses poèmes, mais elle avait ce rapport à la nature, aux animaux, aux êtres. Elle saluait la vibration des arbres. Elle percevait les individus comme ils sont. Je crois que les reportages qu'elle faisait l'aidaient à anéantir ses peurs. L'excision, c'est son enfance mutilée par exemple. Approcher la souffrance comme elle le faisait permet de réparer. C'est une souffrance qu'elle ne partageait pas avec toi, Pascal. Avec toi, c'était un silence complice, car elle te connaissait si bien que ce n'était pas la peine de parler. Elle aimait votre sérénité et votre vie pleine d'attention l'un pour l'autre. Mireille n'a jamais menti de sa vie. Elle n'a jamais trompé personne. Elle allait toujours à l'essentiel. Il fallait aller au cœur des choses et dompter ses peurs. C'est ce que je retiens de son chemin et de son caractère. Et elle s'était fait sa propre religion qui n'était pas inféodée à des croyances. Je sais qu'elle aimait beaucoup l'église Saint-Gervais, elle s'y rendait pour méditer, et ensuite elle achetait des épices dans un magasin tout près. Elle rencontrait des lieux aussi, et cette église en était un. Elle adorait les livres. On s'en échangeait souvent. Mireille se demandait ce qu'on fait de nos ombres. Elle explorait de mille façons. La poésie est une exploration, la photo une autre. Elle avait toujours des carnets sur elle. Son exposition de photos chez Artcurial a permis de créer un lien entre ses poèmes et ses images. Pour moi, ses textes sont des instantanés. Ses photos sont très différentes de ses poésies. La sensualité y est présente, mais sous des formes différentes. Avec les photos, elle joue sur la rigidité des lignes et les courbes de la femme nue. Elle joue aussi avec ton travail d'architecte, Pascal, puisque c'est toi qui as refait l'appartement qu'on voit sur les photos. Et elle flirte avec toi à travers cette femme. Dans les poèmes, la sensualité est plus universelle, plus connectée à la nature, à la pluie, aux arbres. Il y a la vibration des tambours, l'odeur du pain grillé, la joie de vivre. Pour moi, Mireille était un merveilleux alchimiste qui a su transformer sa souffrance et donner l'amour qu'elle n'a pas reçu aux autres. Elle aimait la vie, elle était profonde et belle d'une beauté rare. »

Olivier de Larue Dargere : « Mireille, c'était beaucoup de fous rires et de l'amour »

Catherine Enjolet a présenté Mireille à Olivier de Larue Dargere, le créateur du magazine *Soon*, et directeur artistique de talent. Mireille et lui ont travaillé sur l'exposition des photos « Un après-midi à Saint-Germain-des-Prés », et ils sont devenus proches. Lui aussi est tombé sous le charme de sa fantaisie, sa créativité et sa modernité. J'ai naturellement pensé à lui pour la direction artistique de ce livre. Olivier et Mireille allaient ensemble à l'église Saint-Gervais, que mentionne Catherine dans son interview. Nous parlons des photos de Mireille, et de l'exposition. Ému, il raconte :

« Mireille, c'était beaucoup de fous rires. Elle avait ce mélange de profondeur et de légèreté. Elle pouvait être intense et enfantine en même temps. Quand je l'ai rencontrée, elle a sorti son pendule pour voir dans quelle énergie j'étais. Et ça a tout de suite collé entre nous. Un de mes souvenirs marquants avec elle, c'est le jour où je l'ai emmenée voir Amma[5]. Ça s'est fait comme tout ce qui m'arrive d'important, grâce à une succession de rencontres. J'avais croisé un homme qui m'avait parlé d'Amma parce qu'il s'occupait d'elle. Comme je travaillais avec Mireille sur l'exposition, je l'ai emmenée. Il y avait un moment consacré à la méditation, et Mireille avait une vibration d'une force inouïe. Ses "Ooooooom" résonnaient incroyablement. Assis juste derrière elle, pure coïncidence, il y avait un homme qui travaillait avec les énergies, un médecin qui l'avait aidée après son opération du cœur. Il se servait de son doigt comme d'une antenne pour capter les vibrations. Amma a pris Mireille dans ses bras pour lui donner son étreinte, et Mireille a ressenti une telle émotion qu'elle s'est mise à pleurer. Elle était si empathique…

Ses poèmes racontent très bien sa quête d'ailleurs. Cette connexion avec le monde invisible, la nature, c'était ce qui nous reliait Mireille et moi. Les poèmes expriment ses émotions, son univers intérieur. Je les vois comme des tableaux abstraits. Ils retranscrivent quelque chose de sa vibration. Je la perçois comme une vibration d'amour.

Si je devais la définir en un seul mot, oui, je choisirais Amour. C'est ce que disait son regard. Elle savait voir les belles choses, aussi. Je la sentais profondément connectée à la beauté. Quand on

---

5. Amma parcourt le monde et réunit des hommes et des femmes pour les prendre dans ses bras, et prône la religion de l'amour. Elle a créé l'organisation Embracing the World. Son étreinte est célèbre et reconnue dans le monde entier. Amma veut dire « mère » en hindou.

January 2008

Y THURSDAY

3

10

17

Martin Luther King, Jr. Day

28 29 30 31

travaillait, elle savait exactement ce qu'elle voulait. On a bien rigolé en faisant le casting pour les photos qu'elle a choisies pour illustrer ses poèmes. La directrice de casting avait fait venir des copines à elles, des filles poilues, super maigres, qui n'allaient pas. Elles étaient timides ou à côté de la plaque. Nous avons opté pour un casting de mannequins professionnelles au final.
Mireille était vibrante, très sensible. Elle était en sanglots devant Amma, et en sanglots devant la Pietà aussi. C'est cette sensibilité particulière qui la rendait si poétique. C'était une artiste. Je crois qu'il ne faut pas chercher à comprendre ni analyser ses poèmes, parce qu'elle y exprimait son ressenti. À l'église Saint-Gervais où nous aimions aller ensemble, il y a un rituel très particulier : les gens descendent toucher la terre, puis lèvent les mains vers le ciel. Là-bas, on peut recharger son énergie. C'est une expérience comparable à l'étreinte d'Amma. On dit qu'on est centré ou bien éparpillé, et ce dont je parle est de cet ordre. Mireille aimait méditer. La méditation, le souffle, permet de capter de belles énergies et de se recentrer. Elle affectionnait les endroits purs, déconnectés du monde. Je sais qu'elle adorait particulièrement les déserts, c'est peut-être pour cette raison.
Quand je venais la voir, elle m'attendait sur le pas de la porte avec un sourire éclatant. Elle était appuyée sur le côté, avec son pantalon noir et sa chemise blanche. Elle était élégante et rock. Et avec elle, on était libre de laisser s'exprimer notre âme d'enfant. Elle ne jugeait jamais, vous acceptait entièrement et absolument comme vous étiez. On s'amusait, on était créatifs, on travaillait en harmonie. Il y avait de la vibration, de la lumière et de l'énergie dans la pièce, et Mireille, qui avait deux assistants pour préparer l'exposition, avait parfois plus d'énergie qu'eux. Je me souviens d'une scène assez typique d'elle où les assistants étaient écroulés dans un canapé, et elle leur servait du café. Je lui avais rappelé dans un sourire que les assistants étaient là pour elle et non l'inverse. Elle avait répondu qu'ils avaient besoin de bon café eux aussi. »

Je confie à Olivier une histoire similaire. Un matin, vers 5 heures, j'avais trouvé Mireille en train de repasser du linge. Interloqué, je lui avais demandé ce qu'elle fabriquait. Elle avait lavé les affaires d'une femme SDF qu'elle avait rencontrée pour son documentaire et les repassait elle-même pour ne pas déranger notre femme de chambre.

Olivier acquiesce et reprend :

« Mireille savait être ma confidente, et elle savait me remettre sur le bon chemin. Parfois avec des arguments irrationnels, comme un tirage de tarot ou une succession de nombres qu'elle jugeait favorable. Si je m'interrogeais sur la suite à donner à un projet, par exemple, elle me tirait les cartes et me disait qu'avec le bateleur, il était temps de passer à autre chose.

Sur ma commode, j'ai une photo de Mireille qui sourit.
Elle me donne de l'énergie et de l'amour. »

Blaise Cendrars
Miriam Cendrars
Balland
RENÉ CHAR
ŒUVRES
COMPLÈTES
MARGUERITE
YOURCENAR
L'ŒUVRE
AU NOIR
nrf
GALLIMARD
ROMAIN
GARY
LA PROMESSE
DE L'AUBE
nrf
GALLIMARD
JEAN GENET
ŒUVRES
COMPLÈTES
*
J.-P. SARTRE
SAINT GENET
COMÉDIEN
ET MARTYR
nrf
GALLIMARD
LE FOU D'ELSA
ARAGON

Lettres, pensées, voyages

Je tombe sur cette lettre écrite par Mireille à sœur Emmanuelle pour ses 100 ans.
C'est un concentré de son esprit et de son humour.

Sœur Emmanuelle, bon anniversaire, je pense
qu'avoir cent ans c'est toujours avoir 20 ans
dans son cœur, c'est tj. espérer, donner et se
réjouir de la qualité de la vie, de la nature,
regarder un rayon de soleil, une abeille ou une
coccinelle, sourire à un éclat de rire d'un enfant
au bruit d'un ruisseau, au passage d'un papillon.
La vie passe si vite et vous avez fait tellement de
choses, rencontrer tellement d'êtres de tout horizon
mais au fond de vous, la jeune que vous étiez
a-t-elle assouvi tous ses rêves ? je l'espère
je le souhaite – je vous embrasse

votre sœur

Mireille DARC

4 rue Berteau-Dumas
92200

Lettre à sœur Emmanuelle

Sœur Emmanuelle, bon anniversaire, je pense qu'avoir 100 ans c'est toujours avoir 20 ans dans son cœur, c'est toujours espérer, donner, et se réjouir de la qualité de la vie, de la nature, regarder un rayon de soleil, une abeille ou une coccinelle, sourire à un éclat de rire d'un enfant, au bruit d'un ruisseau, au passage d'un papillon. La vie passe si vite, et vous avez fait tellement de choses, rencontré tellement d'êtres de tous horizons, mais au fond de vous, la femme que vous étiez a-t-elle assouvi tous ses rêves ? Je l'espère. Je le souhaite.
Je vous embrasse.

Votre sœur,

Mireille Darc

Cette autre, à la tonalité bien différente, était pour le professeur Cabrol.
Deux mois séparent la mort de Christian Cabrol de celle de Mireille :

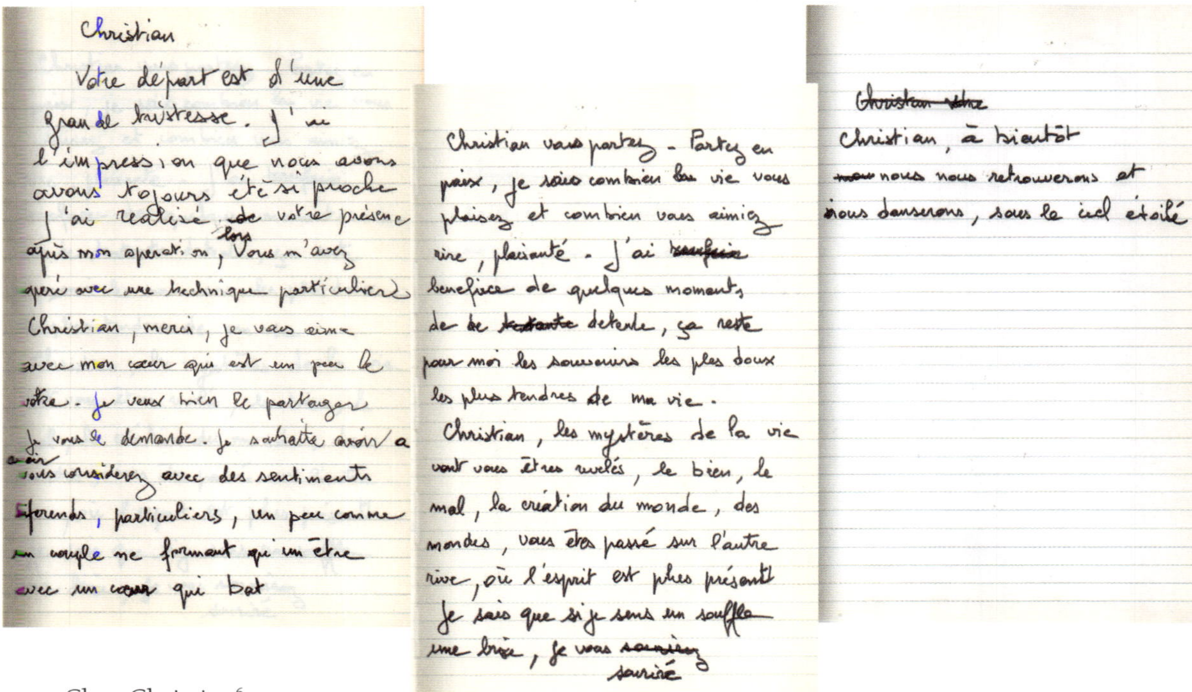

Christian

Votre départ est d'une grande tristesse. J'ai l'impression que nous avons avons tojours été si proche. J'ai réalisé de votre présence après mon operation, lors Vous m'avez guéri avec une technique particulière. Christian, merci, je vous aime avec mon cœur qui est un peu le votre. Je veux bien le partager. Je vous le demande. Je souhaite avoir / a vous considerez avec des sentiments diferends, particuliers, un peu comme un couple ne formant qu'un être avec un cœur qui bat

Christian vous partez - Partez en paix, je sais combien la vie vous plaisez et combien vous aimiez rire, plaisanté. J'ai ~~bénéficie~~ beneficie de quelques moments de ~~le~~ ~~tentante~~ detente, ça reste pour moi les souvenirs les plus doux les plus tendres de ma vie.
Christian, les mystères de la vie vont vous êtres revélés, le bien, le mal, la création du monde, des mondes, vous êtes passé sur l'autre rive, où l'esprit est plus présent
Je sais que si je sens un souffle une brise, je vous ~~sourirai~~ souriré

~~Christian votre~~
Christian, à bientôt
~~nous~~ nous nous retrouverons et nous danserons, sous le ciel étoilé

Cher Christian[6],

Votre départ m'a envahie d'une grande tristesse. J'ai l'impression que nous avons toujours été si proches. J'ai compris votre génie après mon opération. Je l'ai su un peu plus tard, que l'opération que vous aviez réalisée était une première dans le monde. Vous m'avez permis de vivre. Christian, merci, je vous aime avec mon cœur, qui est un peu le vôtre. Je veux bien le partager. Je vous le demande, je souhaite vous considérer avec des sentiments différents, particuliers, un peu comme un couple ne formant qu'un être, avec un seul cœur qui bat.
Christian, vous partez. Partez en paix, je sais combien la vie vous plaisait, et combien vous aimiez rire, plaisanter. J'ai bénéficié de quelques moments de détente [près de vous], ça reste pour moi les souvenirs les plus doux, les plus tendres de ma vie.
Christian, les mystères de la vie vont vous être révélés, le bien, le mal, la création du monde, des mondes. Vous êtes passé sur l'autre rive, où l'esprit est plus présent.
Je sais que si je sens un souffle, une brise, je vous sourirai.
Christian, à bientôt. Nous nous retrouverons et nous danserons sous le ciel étoilé.

---

6. Il y a de légères variations entre le texte du fac-similé et sa retranscription car Mireille modifiait ses textes et les recopiait plusieurs fois. C'est le texte retranscrit qu'elle a lu aux funérailles du professeur Cabrol.

Et quand je feuillette les carnets, au détour d'une page, à côté de numéros de téléphone, de collages, de recettes ou de rendez-vous, quelques lignes me révèlent l'état d'esprit de Mireille, ses questionnements, ses traits d'humour. Je les prends comme des cadeaux.

Celui-ci me parle des enfants.
Non daté

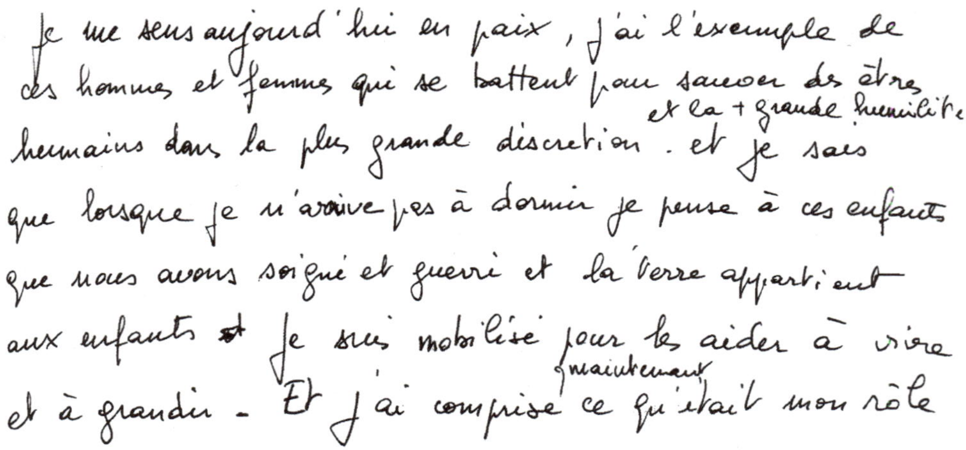
Je me sens aujourd'hui en paix, j'ai l'exemple de
ces hommes et femmes qui se battent pour sauver des êtres
humains dans la plus grande discrétion et la + grande humilité . et je sais
que lorsque je n'arrive pas à dormir je pense à ces enfants
que nous avons soigné et guerri et la terre appartient
aux enfants et je suis mobilisé pour les aider à vivre
et à grandir - Et j'ai comprise maintenant ce qu'était mon rôle

Je me sens aujourd'hui en paix, j'ai l'exemple de ces hommes et femmes qui se battent pour sauver des êtres humains dans la plus grande discrétion et la plus grande humilité. Et je sais que lorsque je n'arrive pas à dormir, je pense à ces enfants que nous avons soignés et guéris, et la terre appartient aux enfants. Je suis mobilisée pour les aider à vivre et à grandir. Et j'ai compris maintenant ce qu'était mon rôle.

Celui-ci parle du chant des dunes qui invite à la prière.
Non daté sur une page d'agenda

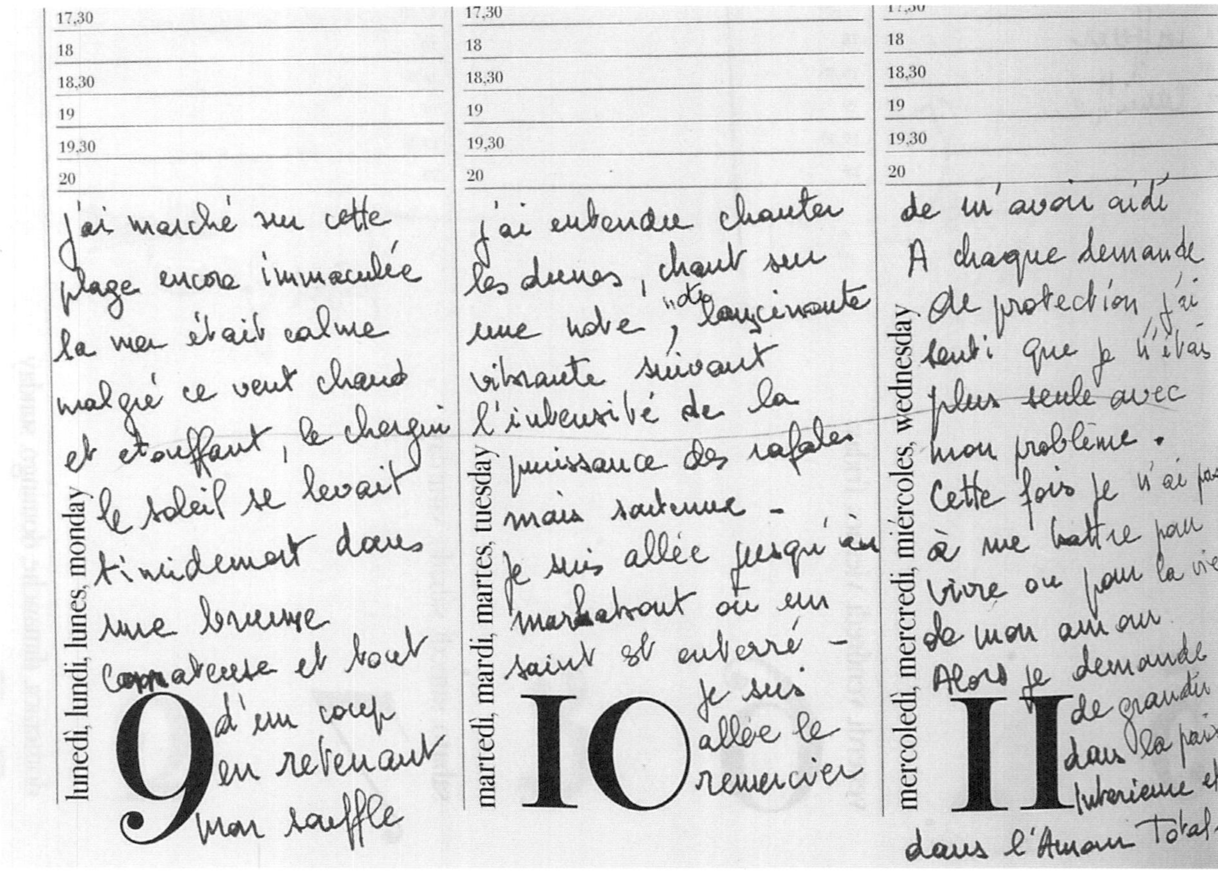
17,30
18
18,30
19
19,30
20
lunedì, lundi, lunes, monday
9
j'ai marché sur cette plage encore immaculée la mer était calme malgré ce vent chaud et étouffant, le chergui, le soleil se levait timidement dans une brume comateuse et tout d'un coup en retenant mon souffle

17,30
18
18,30
19
19,30
20
martedì, mardi, martes, tuesday
10
j'ai entendu chanter les dunes, chant sur une note, note lancinante vibrante suivant l'intensité de la puissance des rafales mais soutenue - Je suis allée jusqu'au marabout où un saint est enterré - Je suis allée le remercier

17,30
18
18,30
19
19,30
20
mercoledì, mercredi, miércoles, wednesday
11
de m'avoir aidé A chaque demande de protection j'ai senti que je n'étais plus seule avec mon problème. Cette fois je n'ai pas à me battre pour vivre ou pour la vie de mon amour Alors je demande de grandir dans la paix intérieure et dans l'Amour Total.

J'ai marché sur cette plage encore immaculée, la mer était calme malgré ce vent chaud et étouffant, le « chergui », le soleil se levait timidement dans une brume comateuse et tout d'un coup en retenant mon souffle j'ai entendu chanter les dunes, chant sur une note, note lancinante, vibrante, suivant l'intensité de la puissance des rafales, mais soutenue. Je suis allée jusqu'au marabout où un saint est enterré. Je suis allée le remercier de m'avoir aidée. À chaque demande de protection, j'ai senti que je n'étais plus seule avec mon problème. Cette fois je n'ai pas à me battre pour vivre ou pour la vie de mon amour. Alors je demande de grandir dans la paix intérieure et dans l'Amour total.

Et celui-là me rappelle des jours heureux. C'était en 1997, nous sommes partis au Japon. C'étaient les tout débuts de notre histoire. Elle faisait partie d'un jury de festival de cinéma, et nous en avons profité pour prolonger le voyage. Cette page de carnet est une petite tranche de vie, de notre vie. Mireille, avec humour, écrit en haut à gauche : « Arthur je t'm et je suis très heureuse de t'avoir enfin trouvé. » Sur la photo, je lui rappelais Arthur Miller.

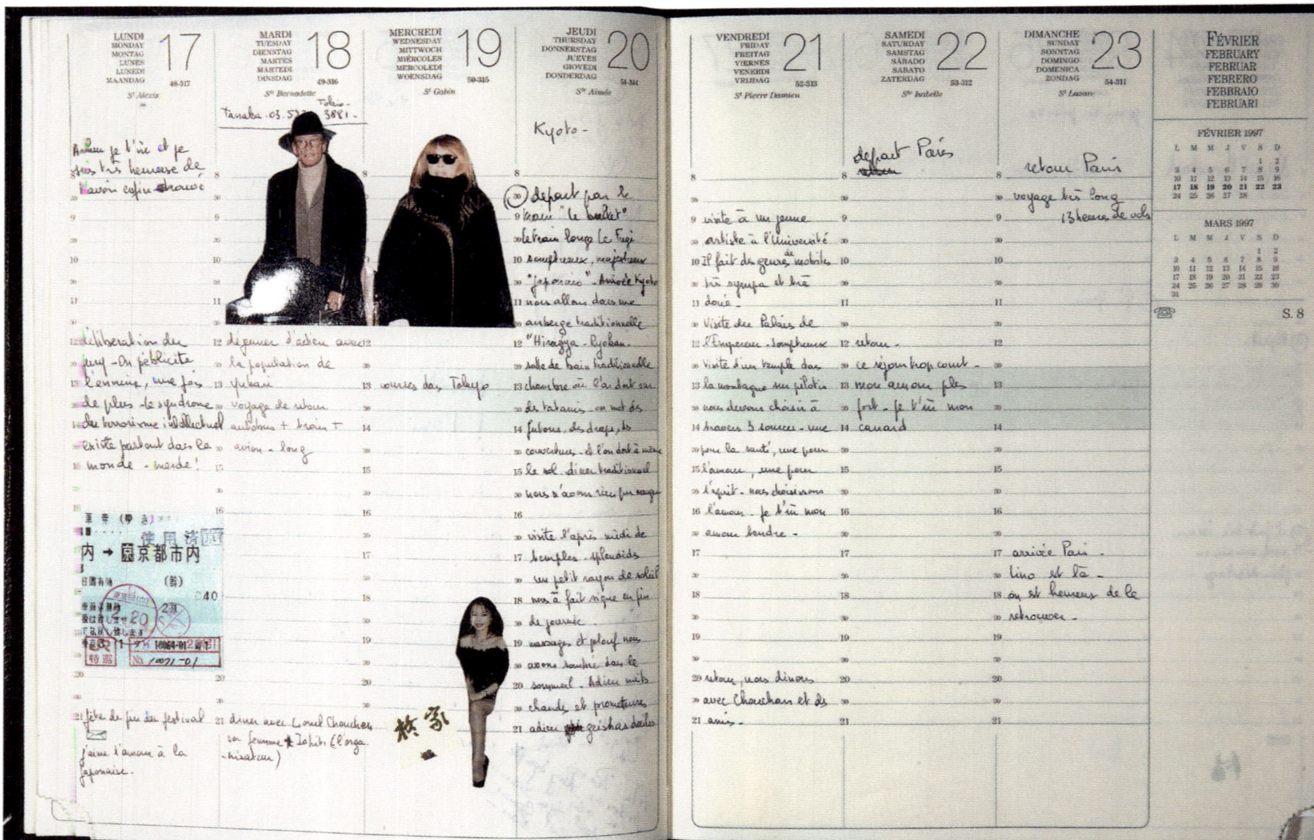

Délibération du jury. On plébiscite l'ennui, une fois de plus. Le syndrome du terrorisme intellectuel existe partout dans le monde – merde !

Déjeuner d'adieu avec la population de Yukan.
Voyage de retour autobus + train + avion. Long.

Courses dans Tokyo

Départ par le train le « bullet ». Le train longe le Fuji, somptueux, majestueux, « japonais ». Arrivée Kyoto, nous allons dans une auberge traditionnelle « Hirogiya Ryokan ». Salle de bains traditionnelle, chambre où l'on dort sur des tatamis. On met des futons, des draps, des couvertures, et l'on dort à même le sol. Dîner traditionnel, nous n'avons rien pu manger.

Visite l'après-midi de temples splendides. Un petit rayon de soleil nous a fait signe en fin de journée. Massages et plouf, nous avons sombré dans le sommeil. Adieu nuits chaudes et prometteuses, adieu geishas dociles.
Visite à un jeune artiste à l'université. Il fait des genres de mobiles. Très sympa et très doué. Visite du palais de l'Empereur. Somptueux. Visite d'un temple dans la montagne sur pilotis, nous devons choisir à travers trois sources. Une pour la santé, une pour l'amour, une pour l'esprit. Nous choisissons l'amour. Je t'm mon amour tendre.

Celui-ci parle des arbres, et de nous.
Texte non daté trouvé dans un agenda

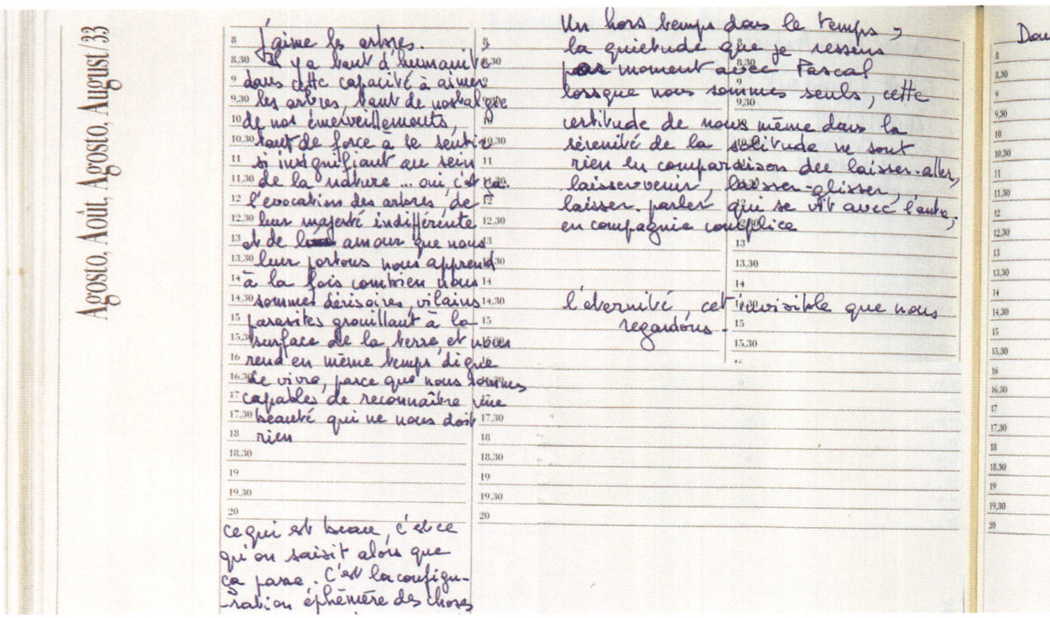

J'aime les arbres.
Il y a tant d'humanité dans cette capacité à aimer les arbres, tant de nostalgie dans nos émerveillements, tant de force à se sentir si insignifiant au sein de la nature… oui, c'est ça : l'évocation des arbres, de leur majesté indifférente et de l'amour que nous leur portons nous apprend à la fois combien nous sommes dérisoires, vilains parasites grouillant à la surface de la terre, et nous rend en même temps dignes de vivre, parce que nous sommes capables de reconnaître une beauté qui ne nous doit rien.

Ce qui est beau, c'est ce qu'on saisit alors que ça passe. C'est la configuration éphémère des choses au moment où on en voit en même temps la beauté et la mort.

Un hors-temps dans le temps, la quiétude que je ressens par moments avec Pascal lorsque nous sommes seuls, cette certitude de nous-mêmes dans la sérénité de la solitude ne sont rien en comparaison du laisser-aller, laisser-venir, laisser-glisser, laisser-parler qui se vit avec l'autre, en compagnie complice.

L'éternité, cet invisible que nous regardons.

Je retrouve aussi quelques lignes sur son père. Mireille a toujours pensé que son père qui l'a élevée n'était pas son vrai père. Elle a écrit un livre[7] dans lequel elle projette son histoire, celle de son vrai père, qu'elle sent, qu'elle réinvente. Personne ne saura si c'est vrai. Ce qui compte, c'est que Mireille, fidèle à elle-même, a reconstruit son histoire. Connectée à l'invisible, par les arbres, la poésie, les vibrations du monde, elle a écouté son cœur. Son monde est plein de ces connexions invisibles.

Lorsqu'il est mort, elle a perçu un tout petit héritage, les maigres économies d'une vie. Elle a utilisé l'argent pour acheter ce drôle d'objet, qu'elle a baptisé « Harry Mauk ». Elle l'a trouvé dans une bijouterie à Venise. Et Harry Mauk l'a accompagnée de maison en maison par la suite. Il était posé sur sa table de chevet, près de son livre *Mirèio* en provençal, du chapelet de son enfance, de son poisson…

Non daté sur une page d'agenda

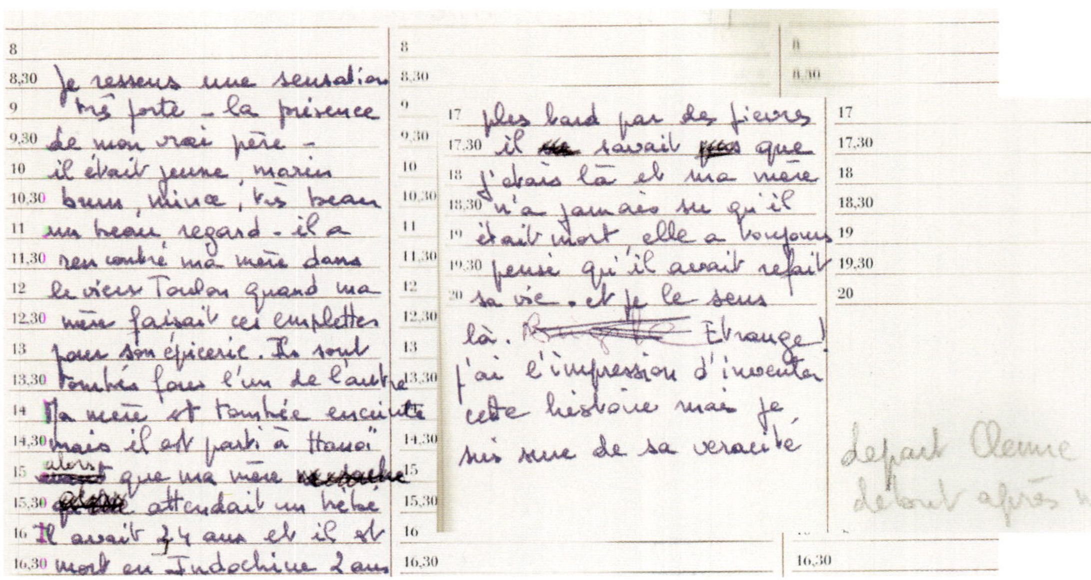
Je ressens une sensation
très forte – la présence
de mon vrai père –
il était jeune, marin
brun, mince, très beau
un beau regard – il a
rencontré ma mère dans
le vieux Toulon quand ma
mère faisait ces emplettes
pour son épicerie. Ils sont
tombés fous l'un de l'autre
Ma mère est tombée enceinte
mais il est parti à Hanoï
alors que ma mère
attendait un bébé
Il avait 24 ans et il est
mort en Indochine 2 ans
plus tard par des fièvres
il savait que
j'étais là et ma mère
n'a jamais su qu'il
était mort elle a toujours
pensé qu'il avait refait
sa vie. et je le sens
là. Étrange !
j'ai l'impression d'inventer
cette histoire mais je
suis sûre de sa véracité

Je ressens une sensation très forte. La présence de mon vrai père. Il était jeune, marin, brun, mince, très beau, un beau regard. Il a rencontré ma mère dans le vieux Toulon quand ma mère faisait ses emplettes pour son épicerie. Ils sont tombés fous l'un de l'autre. Ma mère est tombée enceinte, mais il est parti à Hanoï alors que ma mère attendait un bébé. Il avait 24 ans et il est mort en Indochine deux ans plus tard par des fièvres. Il savait que j'étais là et ma mère n'a jamais su qu'il était mort, elle a toujours pensé qu'il avait refait sa vie. Et je le sens là. Étrange ! J'ai l'impression d'inventer cette histoire mais je suis sûre de sa véracité.

---

7. Mireille Darc, *Mon père*, Paris, XO éditions, 2008.

SPECIAL

FRÉDÉRIC
MISTRAL
—
MIRÈIO

Départ Maroc.
Noté à la volée dans un agenda

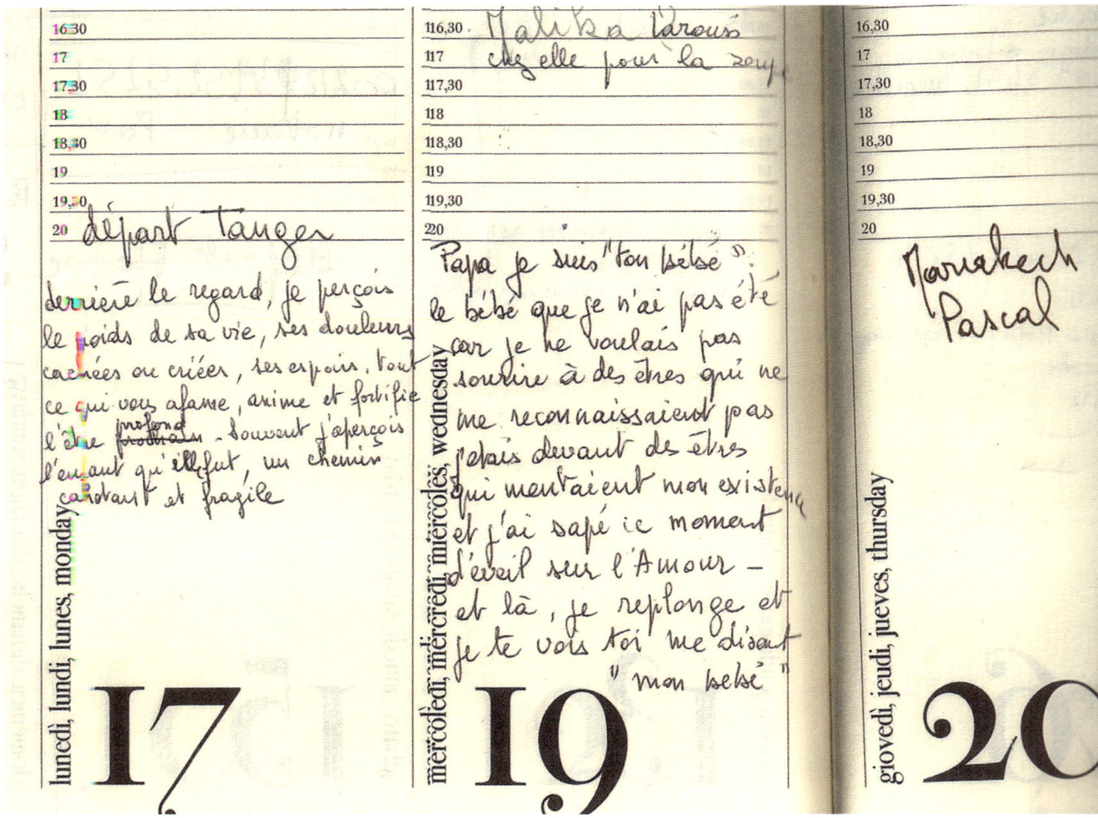

Derrière le regard je perçois le poids de sa vie, ses douleurs cachées ou criées, ses espoirs, tout ce qui vous affame, anime et fortifie l'être profond. Souvent j'aperçois l'enfant qu'elle fut, un chemin cahotant et fragile.

Papa, je suis « ton bébé », le bébé que je n'ai pas été car je ne voulais pas sourire à des êtres qui ne me reconnaissaient pas. J'étais devant des êtres qui mentaient mon existence et j'ai sapé ce moment d'éveil sur l'Amour. Et là, je replonge et je te vois toi me disant « mon bébé ».

Dans ces pages, Mireille parle à sa mère. À la fin de sa vie, sa mère revenait dans ses rêves et ses pensées. Ici, l'amandier en fleur de son enfance lui apporte la paix, ainsi qu'un petit papillon. La pureté enfantine de Mireille se conjugue ici avec sa richesse et sa profondeur.

Petit carnet Moleskine.
Non daté. Miledine.

« Maman, il neige, viens voir. » J'ai 5 ans et je suis sous un amandier en fleur et je ris en regardant tous ces pétales de fleurs qui volettent et tombent sur mes cheveux.
Ma mère ne rit pas, au contraire elle regarde dans ma direction avec circonspection. « Reviens ici, Mireille, je veux te parler. » Je reviens vers ma mère en sentant qu'elle a un problème. Elle me demande de rester où je me trouve et elle se dirige vers l'amandier qui ne bouge plus. Je crois comprendre qu'elle veut qu'il neige aussi pour elle et je me précipite vers elle en criant :
« Miledine, Maman veut aussi de la neige.
– Qui est Miledine ?
– Une amie. Je l'aime beaucoup. »
Je passe mes journées dans les amandiers du jardin. Je suis seule comme enfant et mes seuls jeux consistent à grimper dans les arbres et là je parle à tout un monde qui se trouve autour de moi. Il y a les lézards, les abeilles, les guêpes et les grenouilles dans le bassin d'arrosage à côté des amandiers. Je parle à tout ce monde et j'ai l'impression que tout ce monde m'entend et qu'ils sont très intéressés par mes récits. Un jour un papillon est resté toute la journée autour de l'arbre et je l'ai appelé Miledine. Le lendemain, je l'ai retrouvé figé dans l'écorce de l'arbre, les ailes ouvertes mais j'ai compris qu'il ne volerait plus. Il était beau, de couleur claire avec des ronds foncés sur ses ailes veloutées. J'ai continué à lui parler et à l'appeler Miledine. Mais depuis tout est plus simple, lorsque je monte dans l'arbre, je ne m'écorche plus les genoux, les guêpes s'éloignent et j'ai l'impression que les branches bougent lorsque j'arrive près de lui. Lorsque j'ai le cœur gros, je serre son tronc dans mes bras et je reste ainsi jusqu'à ce que la paix et la joie reviennent en moi.
Petite Miledine, je t'ai souvent appelée par la suite. Je te trouve plus facilement dans la nature et je me sens tout de suite [mieux] quand tu es là. L'air est impalpable, il y a une gaieté dans l'air et des résonances de toutes sortes. Je suis heureuse de te connaître.
Il suffit que je sois angoissée, ou seule ou souffrante pour fermer les yeux, je sens l'écorce de l'amandier qui est toujours là et la présence de Miledine. Tout se calme.

Petit Cahier
souvenirs
. n'oubliez pas .

vers elle en criant "Meledine,
maman veut aussi de la neige"
- Qui est Melidine ?
- Une amie - je l'ai beaucoup
- Je passe mes journées dans les
amandiers du jardin - je suis seule
comme enfant et mes seuls jeux consistent
à grimper dans les arbres et là je
parle à tout un monde qui se trouve
autour de moi. Il y a les lézards,
les abeilles, les guêpes et les grenouilles
dans le bassin d'arrosage à côté des aman-
-diers - je parle à tout ce monde et
j'ai l'impression que tout ce monde
m'entend et qu'ils sont très interressés
par me récits - Un jour un papillon est
resté toute la journée autour de l'arbre
et je l'ai appelé Miledine. Le lendemain
je l'ai retrouvé figé dans l'écorce de
l'arbre les ails ouverts mais j'ai compris

" Maman, il neige vient voir"
J'ai 5 ans et je suis sous un
amandier en fleurs et je ris en
regardant toutes ses pétales de fleurs
qui voletent et tombent sur mes
cheveux -
Ma mère ne rit pas, au contraire
elle regarde dans ma direction avec
circonspection - "Reviens ici Mireille,
je veux te parler", je reviens vers
ma mère en sentant qu'elle a
un problème. Elle me demande
de rester où je me trouve et elle
se dirige vers l'amandier qui
ne bouge plus - je crois comprendre
qu'elle veut qu'il neige aussi
pour elle et je me précipite

Il suffit que je sois angoissée, ou seule
ou souffrante pour fermer les yeux, je
sens l'écorce de l'amandier et la présence
qui est toujours là
légère et fluide de Miledine – Tout se
calme

qu'il ne volerait plus – ~~il était mort~~
Il était beau, de couleur claire
avec des ronds foncés sur ses ailes veloutés
j'ai continué à lui parler et ~~de~~ à
l'appeler Miledine – mais depuis tout
est plus simple, lorsque je monte dans
l'arbre, je ne m'écorche plus les
genoux, les guêpes s'éloignent et
j'ai l'impression que les ~~arbre~~ ~~rouge~~ branches bougent
lorsque j'arrive près de lui –
lorsque j'ai le cœur gros, je ~~le~~ serre
son tronc dans mes bras et je reste ainsi
jusqu'à ce que la paix et la joie
reviennent en moi
Petite Miledine je t'ai souvent
appelé par la suite – je te trouve
plus facilement dans la nature
~~mais~~ et je sens tout de suite quand tu es
là – l'air est impalpable, il y a une
gaité dans l'air et des résonances de
toutes sortes – Je suis heureuse de te
connaître

DANS LES
ANGE BLOTTIE DA
ANGE BLOTTIE DANS L
TIE DANS LES AILES DE MO
MON ANGE BLOTTIE DANS LES
AILES DE MON ANGE BLOTTIE DAN
LES AILES DE MON ANGE BLOTTIE DA
LES AILES DE MON ANGE BLOTTIE DAN
AILES DE MON ANGE BLOTTIE DANS LES
MON ANGE BLOTTIE DANS LES AILES DE M
BLOTTIE DANS LES AILES DE MON ANGE BLO
LES AILES DE MON ANGE BLOTTIE DANS LES A
ANGE BLOTTIE DANS LES AILES DE MON ANGE
LES AILES DE MON ANGE BLOTTIE DANS LES AIL
ANGE BLOTTIE DANS LES AILES DE MON ANGE B
LES AILES DE MON ANGE BLOTTIE DANS LES AILE
BLOTTIE DANS LES AILES DE MON ANGE BLOTTIE

AUTRES POÈMES

MON ANGE BLOTTIE DANS LES AILES DE MON AN
LES AILES DE MON ANGE BLOTTIE DANS LES AILES
BLOTTIE DANS LES AILES DE MON ANGE BLOTTIE
DE MON ANGE BLOTTIE DANS LES AILES DE MON
DANS LES AILES DE MON ANGE BLOTTIE DANS L
MON ANGE BLOTTIE DANS LES AILES DE MON
DANS LES AILES DE MON ANGE BLOTTIE DAN
DE MON ANGE BLOTTIE DANS LES AILES DE
BLOTTIE DANS LES AILES DE MON ANGE BL
DANS LES AILES DE MON ANGE BLOTTIE
LES AILES DE MON ANGE BLOTTIE DAN
AILES DE MON ANGE BLOTTIE DANS
LES AILES DE MON ANGE BLOTTIE
DANS LES AILES DE MON ANG
ANGE BLOTTIE DANS LES A
LES AILES DE MON AN
DE MON ANGE B
DE MO

BLOTTIE DANS LES AILES DE MON ANGE

Blottie dans les ailes de mon ange
Je voyage.
Je prends de l'espace,
Je m'éloigne des tourments,
Je monte au chaud, sans peur, sans crainte,
Je te sens fort et calme.

Où me portes-tu ?
Dans la paix ?
Dans l'Amour sans limites ?
Dans le bleu de l'azur ?
Je voudrais que le temps s'arrête.

Blottie dans les ailes
de mon ange
je voyage.
Je prends de l'espace,
je m'éloigne des tourments
je monte, au chaud
sans peur, sans crainte
je te sens fort et calme
Où me portes tu ?
Dans la paix ?
Dans l'Amour sans limite ?
Dans le bleu de l'azur ?
Je voudrais que le temps
s'arrête.

Mireille avait tourné un très beau documentaire[8] sur les sœurs (les xavières, les carmélites et les sœurs de Jérusalem). Ce poème qui parle du temps qui s'arrête et de l'amour sans limites m'y fait penser. Mireille était portée par une foi dans la vie et dans l'amour que rien ne pouvait abattre. Elle a passé sa vie à redistribuer un peu de cet amour, de cette lumière qui se dégageait d'elle à ceux qui ont eu la chance de la côtoyer.

---

8. *Vivre d'amour*, 2006.

ENTRAÎNÉE PAR MON SOUFFLE

Entraînée par mon souffle
Je nage dans un désert brûlant.
Je rêve de pluie,
de gouttelettes,
d'humidité,
de senteur moisie.
Je hume le nectar d'une fleur inconnue et cachée.
Je me retourne mais je suis seule dans un tintamarre de silence
et un éclaboussement de lumière.

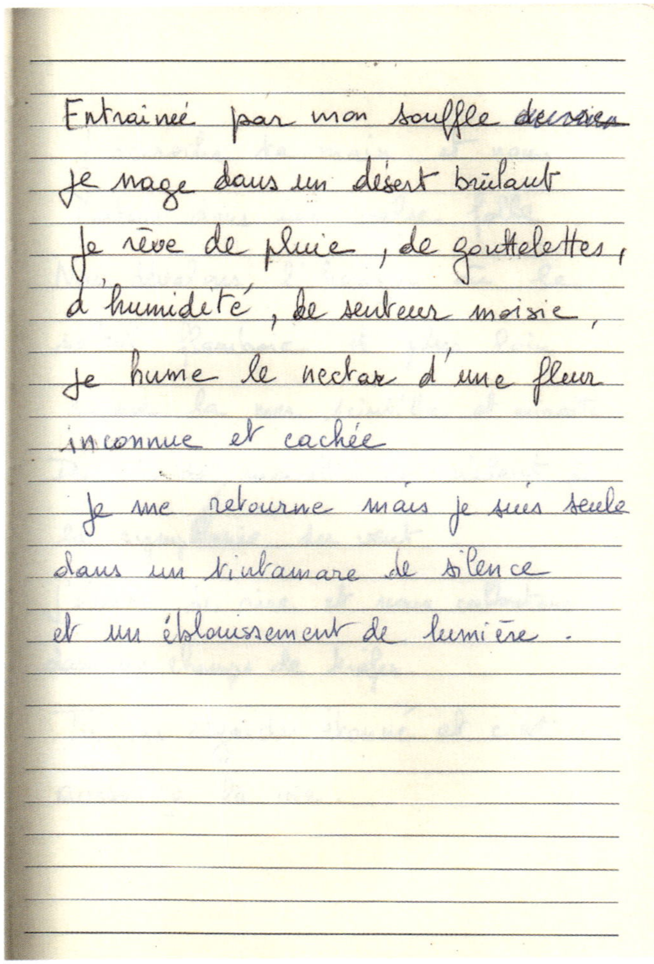

Entraînée par mon souffle dernier
je nage dans un désert brûlant
je rêve de pluie, de gouttelettes,
d'humidité, de senteur moisie,
je hume le nectar d'une fleur
inconnue et cachée
Je me retourne mais je suis seule
dans un tintamare de silence
et un éblouissement de lumière.

Mireille, dans ses poèmes, nous met en contact avec des fleurs secrètes que l'on n'a pas encore su cueillir. Elle est hors du temps, et les sensations sont mêlées.

LE CHAMP DE TRÈFLES

J'accroche ta main
et nous partons dans une valse folle.
Nous dévalons l'horizon
où le soleil flamboie
et plus loin encore la mer scintille et miroite.
Des cris de mouettes se mêlent à la symphonie du vent.
J'éclate de rire
et nous culbutons dans un champ de trèfles.
Tu me regardes,
étonné,
et c'est aussi ça la vie.

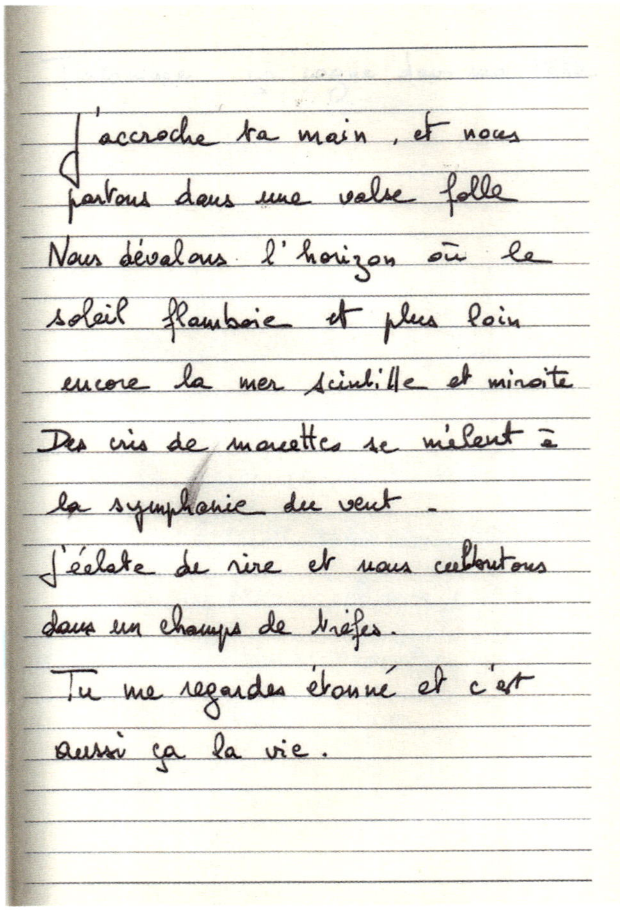

J'accroche ta main, et nous
partons dans une valse folle
Nous dévalons l'horizon où le
soleil flamboie et plus loin
encore la mer scintille et miroite
Des cris de mouettes se mêlent à
la symphonie du vent.
J'éclate de rire et nous culbutons
dans un champs de trèfles.
Tu me regardes étonné et c'est
aussi ça la vie.

J'adore la simplicité de ses poèmes. Mireille restait des heures devant le soleil ou la mer. Elle respirait profondément, rêvait, méditait.

Grâce à ses textes, j'entrevois un peu de son univers.

J'ADORE L'ODEUR DU PAIN GRILLÉ

J'adore l'odeur du pain grillé,
Il me transporte à New York,
À Chelsea dans ce quartier de galeries.
L'hiver j'aime le vent qui s'engouffre partout.
Je me sens vivante, prête à me battre pour exister.
Je sens dans cette ville que tout peut se passer et que demain je peux réussir.
Moi aussi.
Je cours, avant que le vent ne me renverse et m'emporte ailleurs

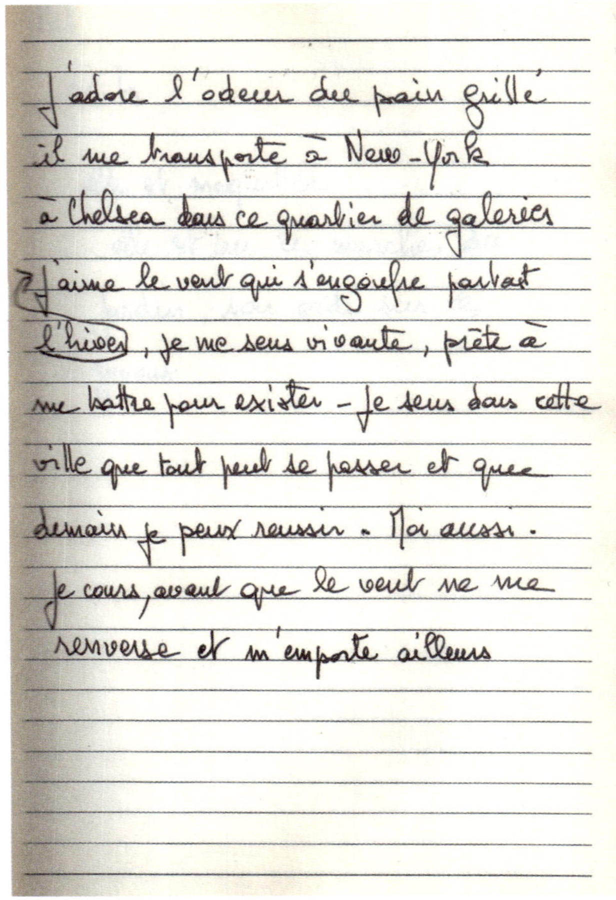

J'adore l'odeur du pain grillé
il me transporte à New-York
à Chelsea dans ce quartier de galeries
J'aime le vent qui s'engouffre partout
l'hiver, je me sens vivante, prête à
me battre pour exister – je sens dans cette
ville que tout peut se passer et que
demain je peux réussir. Moi aussi.
Je cours, avant que le vent ne me
renverse et m'emporte ailleurs

Quand nous allions à New York, il fallait tout de suite aller au MoMa, pour contempler les tableaux de Jackson Pollock. Alors le séjour commençait vraiment.
L'abstraction de Pollock et des artistes qu'elle aimait était faite pour elle.
Mireille admirait Pollock, Soulages, Rothko, Robert Ryman, Sam Francis, Klein, Hartung, Joan Mitchell, Bruce Nauman.
Mais aussi Picasso – *Guernica* –, Michel Ange – *La Pietà.*

Ses sculpteurs préférés étaient Louise Nevelson (une petite chapelle blanche que l'on trouve à New York), Chillida, Richard Serra, César, Bernar Venet, Louise Bourgeois (*Destruction du père*), Jenny Holzer, Tinguely (son ami), Calder.

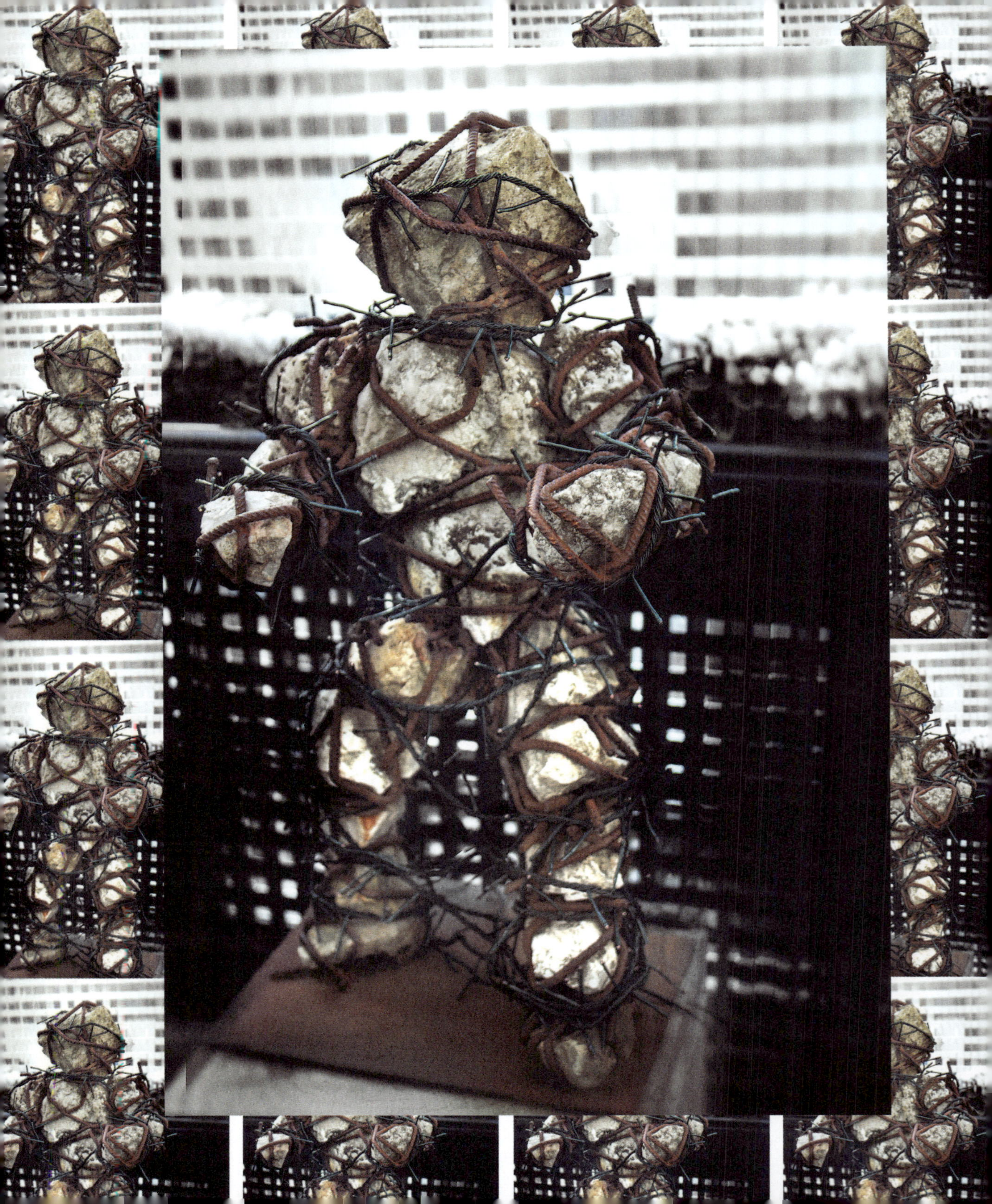

LE VENT

J'aime le vent violent
Qui emporte tout,
Les petits nuages,
Qui prennent des formes diverses,
Et vous envoient le courrier des anges.
J'aime l'odeur du bois mouillé, de l'humus, de l'eau des torrents.

J'aime cette fraîcheur
Qui me fait frissonner,
J'aime demander de l'aide aux arbres,
Et sentir leur force m'envelopper,
J'aime mes pieds nus sur l'herbe humide,
Et le cri des oiseaux.
Je leur réponds
Et nous dialoguons ensemble…
J'aime le miel
Et la couleur jaune pour ses reflets.
J'aime la peur
Qui arrive à me libérer des silences
Et qui m'entraîne ailleurs,
Plus loin, dans des contrées inexplorées,

Où le retour n'est pas si anodin.
J'entends ma voix un peu éraillée,
Et je la suis.
C'est elle qui me guide,
Qui m'entraîne vers d'autres délices...
J'aime le gout des fraises
Des abricots trop mûrs,
Des framboises légèrement écrasées...
J'aime me maquiller
Et offrir ma peau au soleil...
Plonger ma tête dans une baïne d'eau courante
Et sentir mes cheveux ruisseler jusqu'aux pieds.
Je m'empiffre de myrtilles, de mûres...
Mes doigts bleuissent.

Encore et encore... j'ai faim...
J'ai soif de vie,
d'amour,
de rêves et
de voyages...

Ce poème parle de lui-même. Il parle de vie, et Mireille aimait la vie. Entièrement.

J'aime le vent violent qui emporte tout, les petits nuages qui prennent des formes diverses et vous envoient le courrier des anges, j'aime l'odeur du bois mouillé, de l'humus, de l'eau des torrents, j'aime cette fraicheur qui me fait frissonner, j'aime demander de l'aide aux arbres et sentir leur force m'envelopper, j'aime mes pieds sur l'herbe humide, et le cri des oiseaux, je leur reponds et nous dialoguons ensemble

j'aime le miel et la couleur jaune des reflets

j'aime la peur, qui arrive à me liberer des silences et qui m'entraine ailleurs, plus loin, dans des contrées inexplorées où le retour n'est pas anodin

j'entends ma voix un peu éraillée, et je la suis. C'est elle qui me guide, qui m'entraine vers d'autres delices, j'aime le gout des fraises des abricots trop murs, des framboises légèrement ecrasées, j'aime me maquiller et offrir ma peau au

soleil, plonger ma tête dans une baine d'eau courante et sentir mes cheveux ruisseler jusqu'au pied

je m'empiffre de myrtilles, de mures mes doigts bleuissent. Encore et Encore, j'ai faim, j'ai soif de vie, d'amour, de rêves et de voyages

J'AIME SENTIR MON CŒUR S'AGITER

J'aime sentir mon cœur s'agiter,
Sous ma peau, il tape, il a besoin
de toi, il te demande aide,
il se sent seul, il veut se souder à
ta force et marcher en harmonie dans tes pas.
N'avance pas trop vite,
j'ai du mal à te suivre.

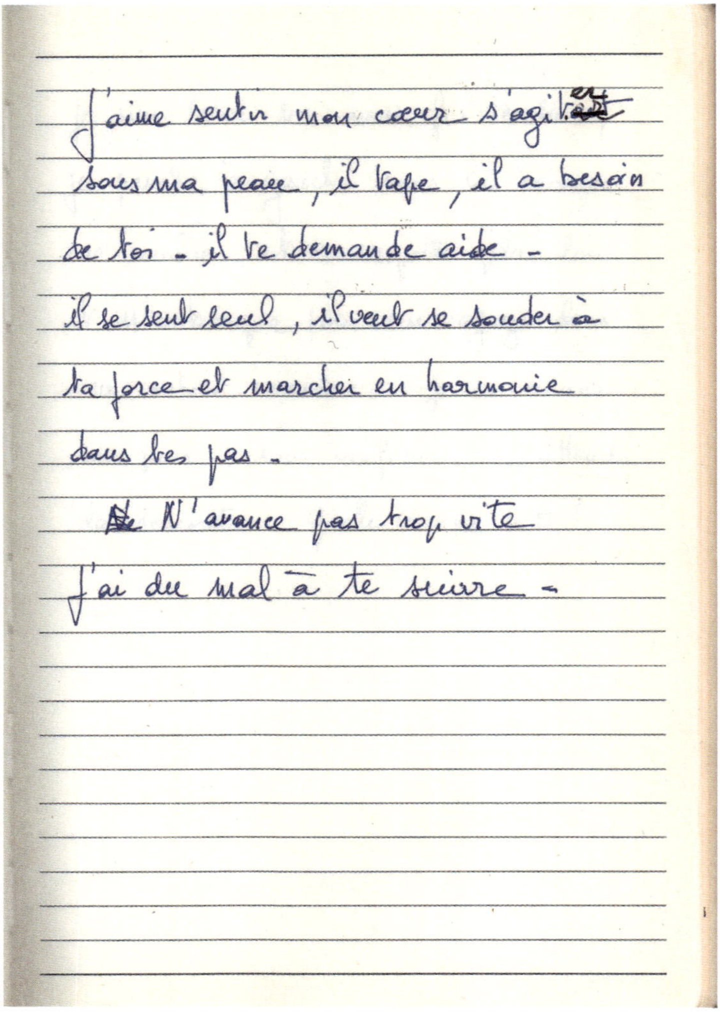
J'aime sentir mon cœur s'agiter
sous ma peau, il tape, il a besoin
de toi. il te demande aide.
il se sent seul, il veut se souder à
ta force et marcher en harmonie
dans tes pas.
N'avance pas trop vite
j'ai du mal à te suivre.

Parfois, lorsque nous marchions, Mireille avait du mal à me suivre. C'était rare, mais ça pouvait arriver. À cause de son cœur, elle était essoufflée.
Alors, elle me disait doucement de l'attendre.

LE KILIMANDJARO

Je vais danser, chanter,
Entrer en contact avec mes espérances.
Je sens la fluidité de mon corps
Et le rythme de mon cœur qui s'accélère.
Je sens la moiteur et l'odeur âcre des bêtes sauvages.
Je lève les yeux sur le Kilimandjaro.
Il y a vraiment de la neige toute l'année.

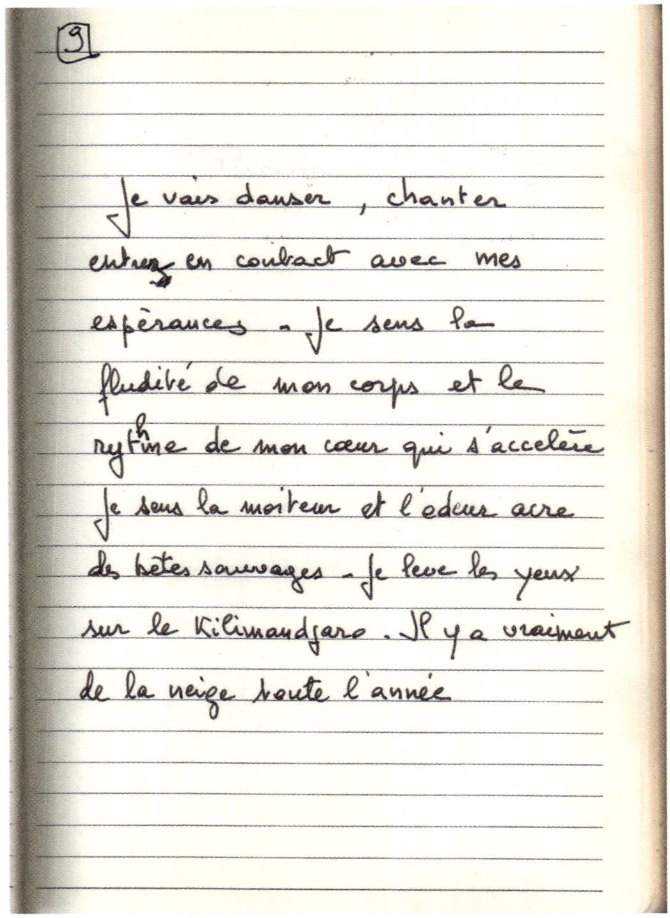
9

Je vais danser, chanter
entrer en contact avec mes
espérances. Je sens la
fluidité de mon corps et le
rythme de mon cœur qui s'accélère
Je sens la moiteur et l'odeur acre
des bêtes sauvages. Je lève les yeux
sur le Kilimandjaro. Il y a vraiment
de la neige toute l'année

Lors de notre voyage japonais, nous sommes allés visiter un temple à Kyoto. Mireille, curieuse de tout, posait mille questions, voulait tout voir.
Il y avait une volée de marches à gravir. Nous sommes montés lentement, pour profiter de la vue époustouflante et de notre joie d'être ensemble.
Nous avons gravi les marches, et tout en haut, alors que rien ne le présageait, il s'est mis à neiger.
C'était un moment magique. Un de ces jolis signes que Mireille m'a appris à chérir.

MON DÉLIRE

Le soir je sombre dans la mélancolie de la nuit qui m'ouvre ses portes
et m'absorbe vers des aventures inconnues,
Je repars chasser sur les terres de mon adolescence, je redeviens l'insolente, la louve indomptable,
Une énergie phénoménale m'envahit et je cours et je grimpe aux points les plus hauts, je domine le monde,
Je me sens invincible, sûre de mon destin.

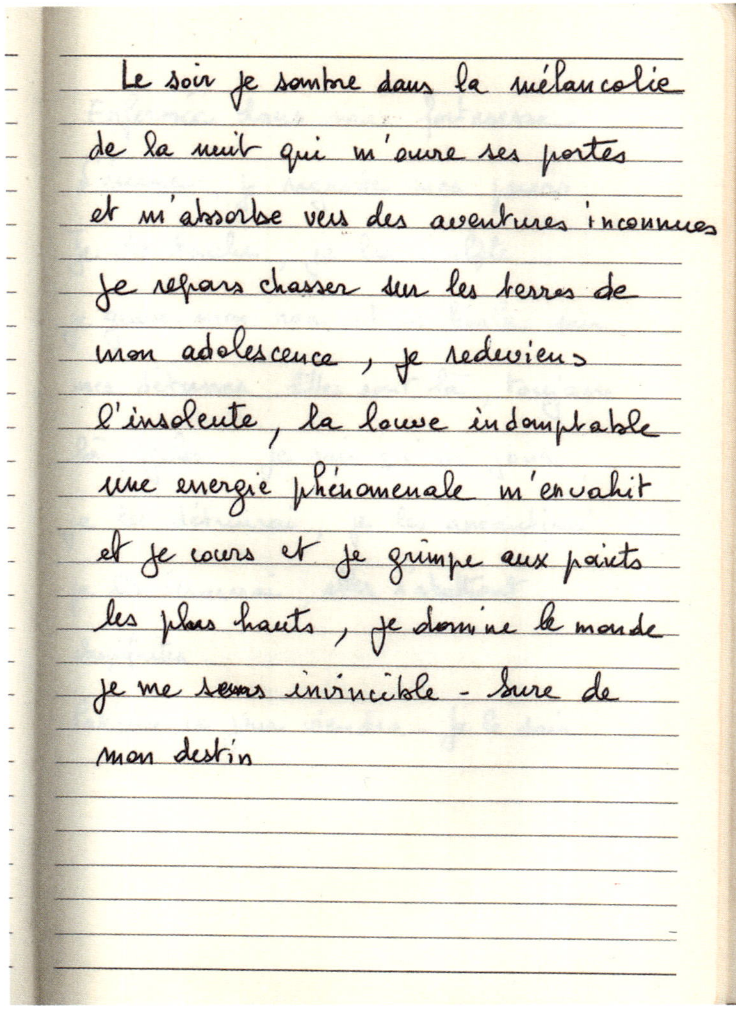

Le soir je sombre dans la mélancolie
de la nuit qui m'ouvre ses portes
et m'absorbe vers des aventures inconnues
je repars chasser sur les terres de
mon adolescence, je redeviens
l'insolente, la louve indomptable
une energie phénomenale m'envahit
et je cours et je grimpe aux points
les plus hauts, je domine le monde
je me sens invincible - sure de
mon destin

Je n'ai pas connu cet aspect mélancolique dont parle Mireille. Peut-être l'a-t-elle gardé pour elle ? Peut-être l'a-t-elle confié à ses amies ? Elle restait secrète. Les terres de son adolescence, si douloureuses, prêtent à la mélancolie, mais Mireille se voit courir, grimper aux points les plus hauts et dominer le monde.

C'est bien ce qu'elle a fait finalement.

NOIR ET BLANC

SEMAINE DU 18 AU 24 AOUT 1966

21e ANNÉE — N° 1120

C'EST LA RIVALE DE BRIGITTE BARDOT

1 Franc

BELGIQUE: 12 F
SUISSE: 1,30 F
CANADA: 35 Cts
ITALIE: 200 Lires

L'ODEUR DE LA NAPHTALINE

L'odeur de la naphtaline,
M'emmène dans une armoire des temps passés,
Où s'entassent des rêves périmés,
Des amours usées,
Des enfants désirés mais non conçus,
Des baisers, des étreintes rapides,
Des hommes entrevus,
Des robes importables,
Des gestes osés,
Des cris,
Des attitudes trash,
Et des mensonges, petits, énormes,
Qui peu à peu envahissent la pièce
Et me chassent hors du temps.

Je me cache pour ne plus rien sentir,
Mais ma mémoire m'ignore
Et me poursuit dans d'autres coins obscurs
Pour me tourmenter
Et m'infliger des souvenirs odieux.

Je suis captive, enchaînée à ma pure imagination qui me torture.
Je suis son esclave et je me soumets à ma force intérieure dans un sanglot.

J'ai mal, mais ces larmes me font renaître, repartir dans une paix profonde et mystérieuse.

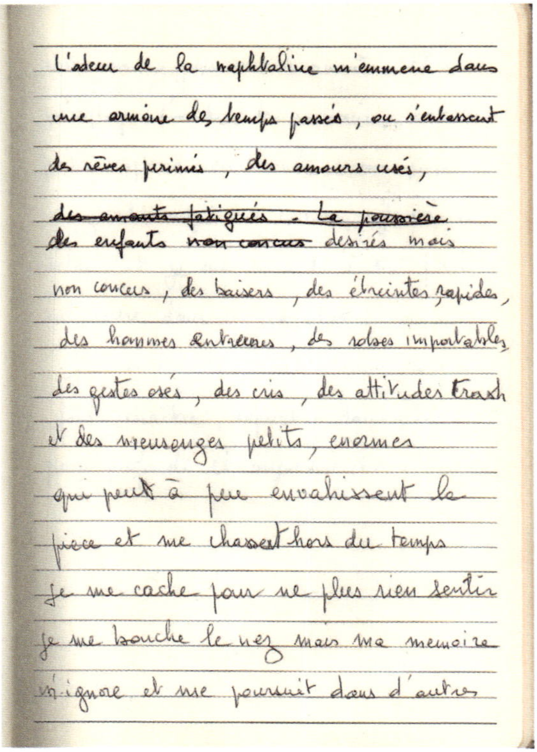

L'odeur de la naphtaline m'emmène dans
une armoire des temps passés, où s'entassent
des rêves périmés, des amours usés,
~~des amants fatigués. La poussière~~
des enfants ~~non conçus~~ désirés mais
non conçus, des baisers, des étreintes rapides,
des hommes rencontrés, des robes importables,
des gestes osés, des cris, des attitudes trash
et des mensonges petits, énormes
qui peu à peu envahissent la
pièce et me chassent hors du temps
Je me cache pour ne plus rien sentir
je me bouche le nez mais ma mémoire
m'ignore et me poursuit dans d'autres

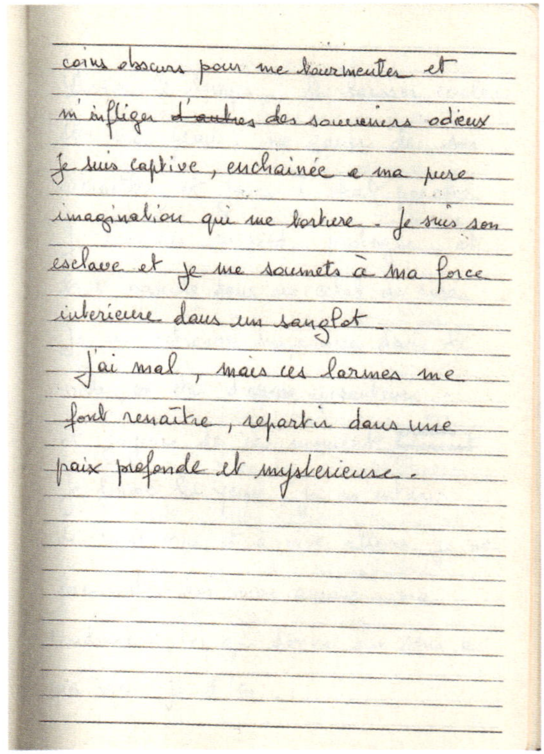

coins obscurs pour me tourmenter et
m'infliger ~~d'autres~~ des souvenirs odieux
Je suis captive, enchaînée à ma pure
imagination qui me torture. Je suis son
esclave et je me soumets à ma force
intérieure dans un sanglot.
J'ai mal, mais ces larmes me
font renaître, repartir dans une
paix profonde et mystérieuse.

Ce poème reprend le thème de la force intérieure. Mireille a beaucoup combattu, et ses victoires sur elle-même lui ont permis de se battre pour les autres. Mireille était la force et la discipline mêmes. Mais plus que ça. Ici, elle parle de renaissance. Elle a accepté de mourir plusieurs fois pour renaître. Chaque fois, elle laissait derrière elle une Mireille qu'elle dépassait. Ce qu'elle a traversé, elle l'a embrassé dans le même mouvement. Ça l'a transformée et lui a apporté la paix.

Lorsque j'écris que Mireille est une guerrière, qu'elle a arraché son bonheur à la vie qui lui a donné peu d'amour au départ, je parle de ça. Je me rends compte en lisant ce poème qu'elle a lutté pour ne pas redevenir Mireille Aigroz, enfant brune, solitaire, mal aimée. Mais jamais je ne l'ai senti pendant nos vingt années de mariage.

Je suis si heureux de lui avoir donné une famille avec des enfants et des petits-enfants.

P.M.D.D

PARTIR, S'ÉLOIGNER DE LA RIVE

Partir, s'éloigner de la rive,
Et atterrir à Saint-Pétersbourg,
Ou à Shanghai,
Ou en Tanzanie poursuivre un éléphant, un jaguar, un phacochère,
Et dormir sous la tente en sentant un lion qui rôde,
Ou peut-être un tigre.
J'adore le feulement si profond en gorge
Qui donne l'impression que la bête est collée
Sur vous
Dans un ultime assaut.

Ce poème me rappelle quelques lignes que j'ai retrouvées dans un carnet Moleskine, sans date.

Paris désert, Paris sans bruit. Seuls quelques animaux errent dans les rues. Ils cherchent quoi ?… De la compagnie ? De la nourriture ? Des enfants pour les adopter et en faire leur peluche ?… Ils sont arrivés par une faille vibratoire, place Vendôme, ils se sont faufilés, étonnés d'être là, et les voilà pris à leur propre piège, ne pouvant reculer, ne sachant où aller. Cet ours blanc qui ne sait plus depuis longtemps qu'il est fait pour les glaces et pour chasser le phoque, ce crocodile qui nous a tellement terrorisés avec ses dents d'acier. Ce léopard qui cherche désespérément une proie, le regard fixe et qui ne trouve rien. Le kangourou, le zèbre et l'autruche ne cherchent même pas à détaler.

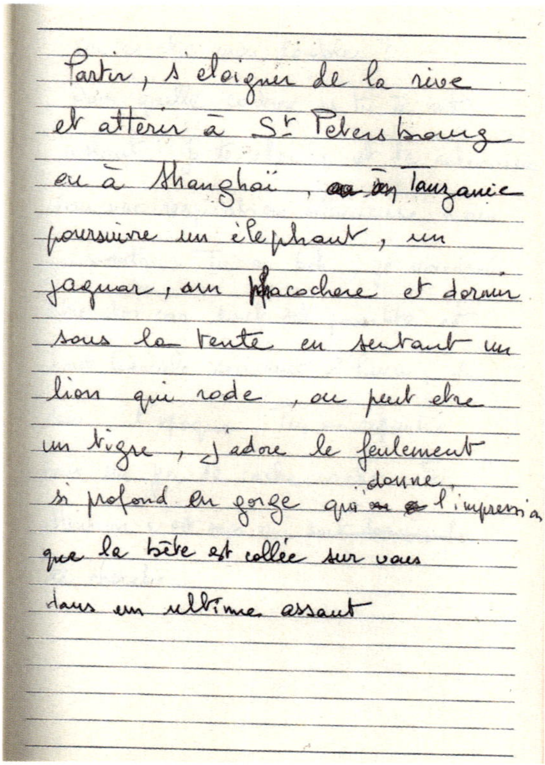
Partir, s'éloigner de la rive
et atterir à St Petersbourg
ou à Shanghaï, en Tanzanie
poursuivre un éléphant, un
jaguar, un phacochère et dormir
sous la tente en sentant un
lion qui rode, ou peut être
un tigre, j'adore le feulement
si profond en gorge qui donne l'impression
que la bête est collée sur vous
dans un ultime assaut

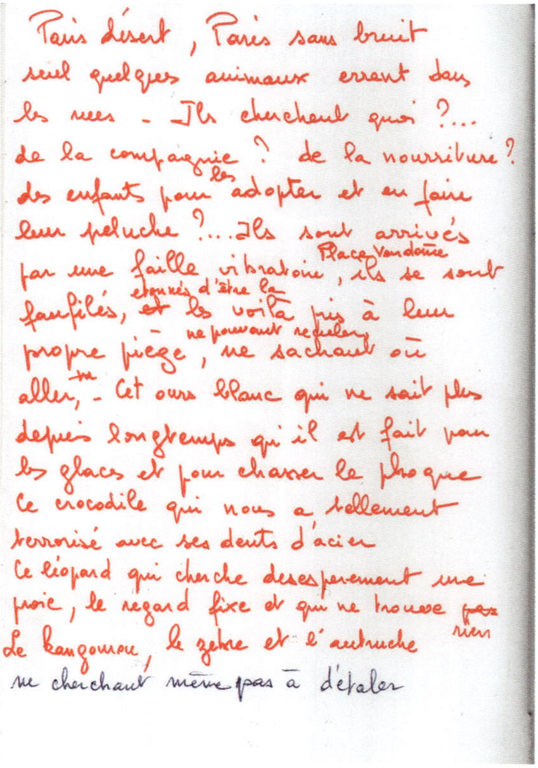
Paris désert, Paris sans bruit
seul quelques animaux errent dans
les rues - Ils cherchent quoi ?...
de la compagnie ? de la nourriture ?
des enfants pour les adopter et en faire
leur peluche ?... Ils sont arrivés
par une faille vibratoire, Place Vendôme, ils se sont
faufilés, étonnés d'être là, et les voilà pris à leur
propre piège, ne pouvant reculer, ne sachant où
aller. - Cet ours blanc qui ne sait plus
depuis longtemps qu'il est fait pour
les glaces et pour chasser le phoque
ce crocodile qui nous a tellement
terrorisé avec ses dents d'acier
Ce léopard qui cherche desesperement une
proie, le regard fixe et qui ne trouve rien
Le kangourou, le zèbre et l'autruche
ne cherchant même pas à détaler

Mireille savait voyager dans le temps, sentir des mondes et des êtres, des présences. C'était sa sensibilité.

OÙ
EST L'AMOUR ?

Qui j'aime ?
Moi, mon mari
Ma tendre mère,
Et le reste ça dépend du temps.
De la lumière, de mes faims, de ma soif
Et de la joie de me balader,
Dans des sphères différentes,
Avec des rencontres inattendues,
Et là…
Souvent, l'amour m'attend.

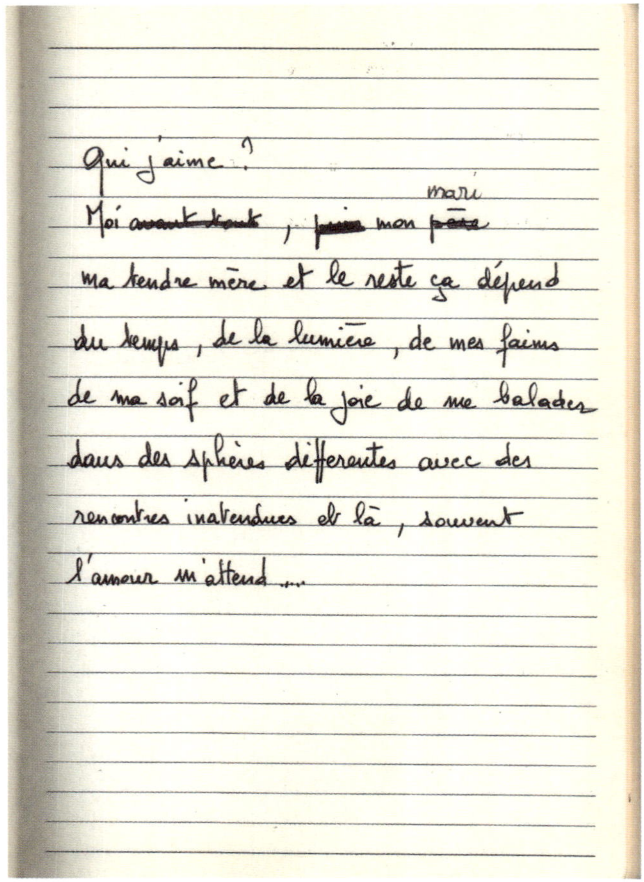
Qui j'aime ?
Moi ~~avant tout~~, ~~puis~~ mon ~~père~~ mari
ma tendre mère et le reste ça dépend
du temps, de la lumière, de mes faims
de ma soif et de la joie de me balader
dans des sphères différentes avec des
rencontres inattendues et là, souvent
l'amour m'attend...

Ces sphères dont elle parle, elle s'y baladait sans cesse. Quand j'écris qu'elle savait voyager dans le temps, c'est de ça que je parle. Ses poèmes mêlent le sensuel et le spirituel, l'enfance, la terre et l'eau, la mélancolie et le mouvement. Mireille se promenait dans ces mondes. Grâce à son imagination et grâce à sa sensualité.

Lorsqu'elle répétait au théâtre Marigny, elle m'avait raconté avoir aperçu un lion. Eh bien, en faisant des recherches, j'ai trouvé qu'un cirque avec des lions se produisait là-bas au XIXe siècle.

Le lion, c'était aussi l'élan vital, le masculin, la force tout simplement. D'ailleurs, Alain Delon était dans les parages ! C'était peut-être juste de lui dont elle parlait.

J'aime penser que c'était tout ça à la fois.

Mireille, c'était tout ça à la fois.

Cynthia Fleury
La Fin du courage
AMMA
POCKET
Aimer sans attendre
Mille nuances de femmes
QUE SONT MES AMIS DEVENUS...
André Assséo
BARBEY D'AUREVILLY
Jon Kabat-Zinn
MÉDITER
Pascal Quignard
Mourir de penser

SUR UN VOLCAN EN FEU

Sur un volcan en feu, je plane,
Sur les ailes de mon dragon,
J'enflamme mon cœur du bonheur de te sentir
Vivant et aimant.

Sur un volcan en feu
Je plane, sur les ails
de mon dragon
J'enflamme mon coeur
du bonheur de te sentir
vivant et aimant

Ses poèmes racontent beaucoup la recherche, l'invisible, mais aussi la vie, l'amour, et l'amour de la vie.

SUSHI,
TOKYO

Sushi, Tokyo, petites socquettes blanches et des images,
Et des reflets d'images,
Qui se percutent partout dans les rues,
Qui se cognent dans les carrefours,
Et qui valdinguent dans le ciel,
Joli magasin Hermès en verre,
J'en rêve.

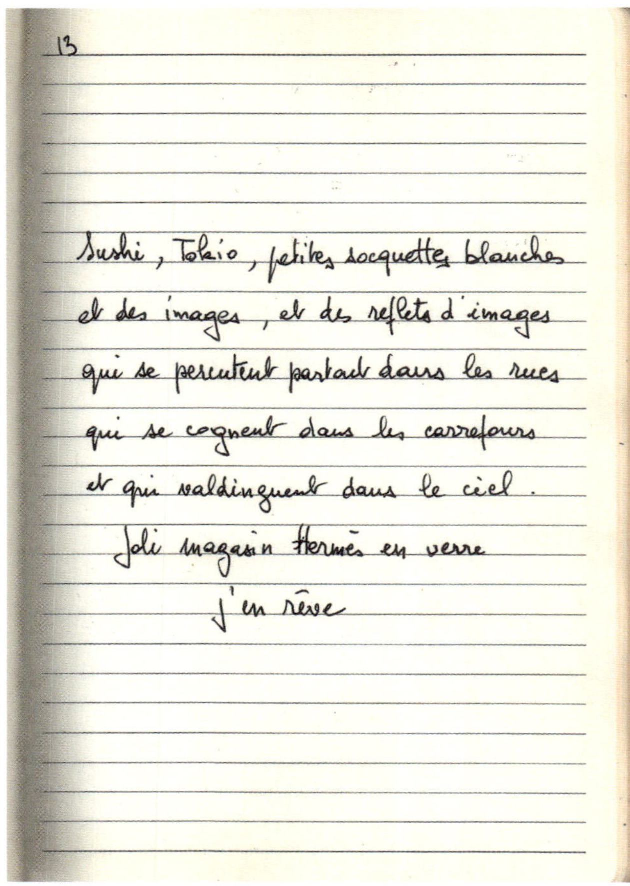
13

Sushi, Tokio, petites socquettes blanches
et des images, et des reflets d'images
qui se percutent partout dans les rues
qui se cognent dans les carrefours
et qui valdinguent dans le ciel.
Joli magasin Hermès en verre
j'en rêve

J'adore le talent de Mireille pour mélanger le très concret et le très abstrait. En quelques mots, elle nous promène de l'enfance des petites socquettes blanches à un univers de verre et de reflets, à une vitrine de magasin. Avec elle, rêve et réalité se confondaient parfois. Et elle donnait chair au rêve.

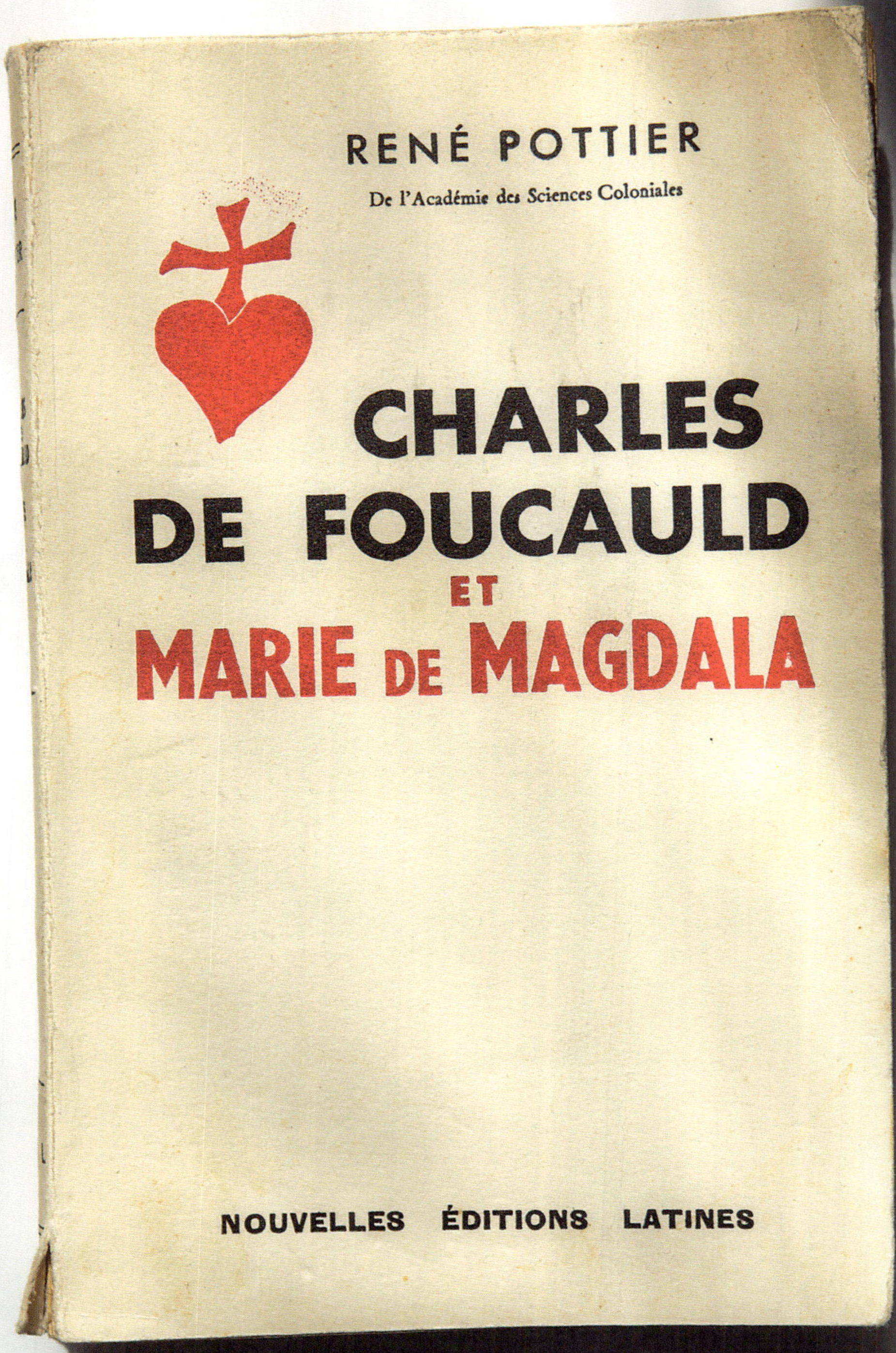
RENÉ POTTIER
De l'Académie des Sciences Coloniales
CHARLES
DE FOUCAULD
ET
MARIE DE MAGDALA
NOUVELLES ÉDITIONS LATINES

UN ÉCLAIR, UNE OMBRE

Un éclair, une ombre, je m'éparpille dans tous les sens,
je vole en éclats,
Je descends dans les méandres qui m'entourent.
Pourquoi ce silence ?
Suis-je vivante ?
J'aime ce moment suspendu où ma raison me lâche.

J'ouvre les yeux et tu es là !

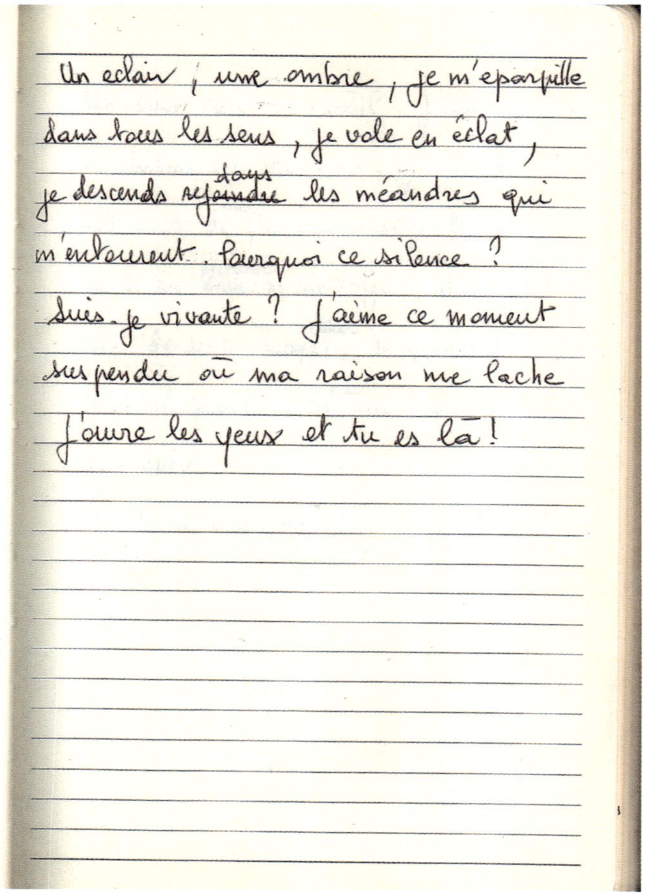
Un eclair, une ombre, je m'éparpille
dans tous les sens, je vole en éclat,
je descends ~~rejoindre~~ dans les méandres qui
m'entourent. Pourquoi ce silence ?
Suis-je vivante ? J'aime ce moment
suspendu où ma raison me lache
J'ouvre les yeux et tu es là !

Ce poème me fait penser aux quelques pages de journal où elle se réveille après sa première opération du cœur. Elle écrit : « J'ouvre les yeux et tu es là. »

Elle a beaucoup cheminé seule, et même si elle était baignée d'amour, elle a affronté ses épreuves grâce à sa force. Lorsqu'elle sort du noir, de moments où elle descend dans les méandres, elle trouve de la lumière dans les autres. Ce poème parle peut-être aussi de la mort, et de ceux qu'elle va retrouver.

J'aime ce mouvement double qui va de la lumière à l'obscurité et de l'obscurité à la lumière. Il me dit quelque chose de Mireille.

128

128

LE DERNIER POÈME

La nuit épelle, un petit
Escargot de verre vert
Sur ses cornes de jade pleure
Dans la nuit.

La nuit épelle, un petit
Escargot, un petit escargot de verre vert
Sur ses cornes de jade
Coulent des larmes.

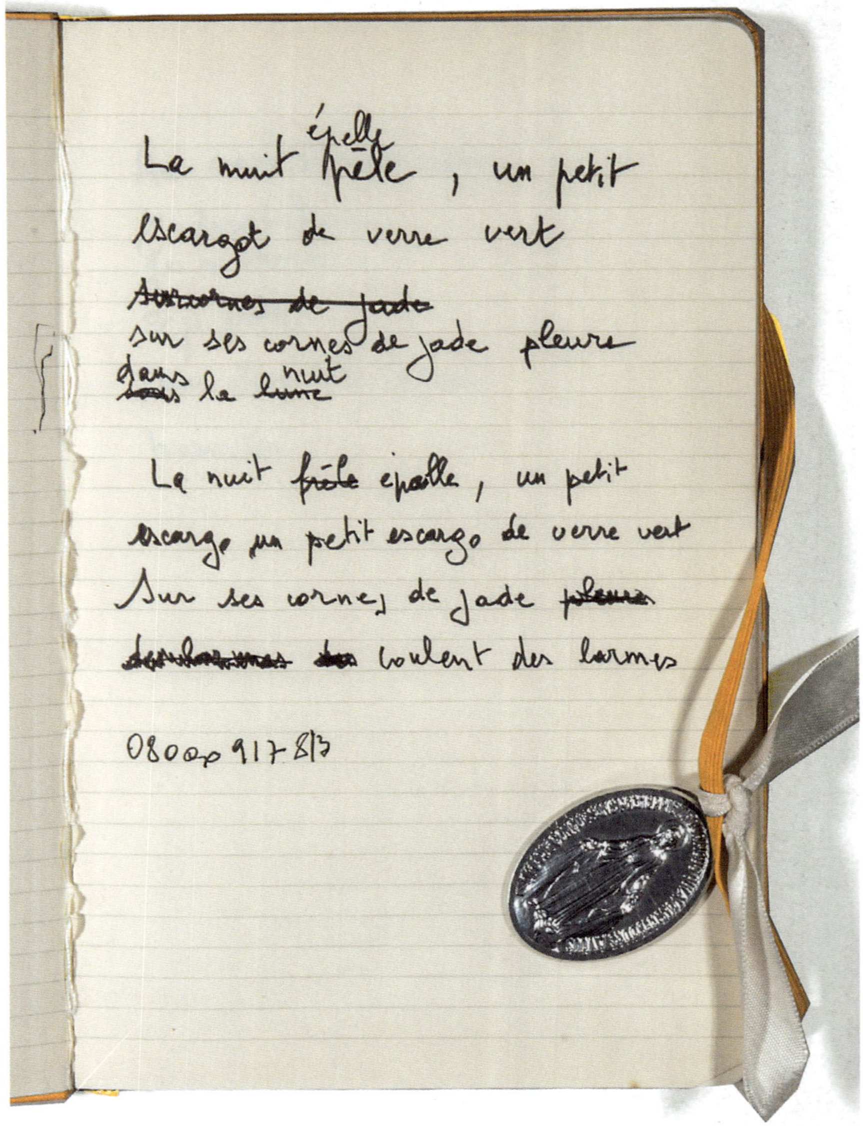

Quelques jours avant de mourir, Mireille écrivait encore sur son petit carnet de Moleskine. Elle était très affaiblie, mais elle y tenait.

Ce dernier poème me bouleverse.

Filmographie de Mireille Darc, réalisatrice

Films documentaires

Excision, le plaisir interdit, de Mireille Darc et Nathalie Amsellem – 2017 – 57 min.
Diffusion France 2, production JaraProd.
L'excision, une pratique traditionnelle à dénoncer.

Elles sont des dizaines de milliers sans abri, de Mireille Darc et Nathalie Amsellem – 2015 – 54 min.
Diffusion France 2, production JaraProd.
Partir à la rencontre de femmes sans abri et avoir un autre regard sur elles.

Pardonner, de Mireille Darc et Nathalie Amsellem – 2012 – 52 min.
Diffusion France 2, production JaraProd.
Qu'est-ce que le pardon de nos jours ? Comment pardonner une trahison amoureuse, une erreur médicale, une erreur judiciaire ou un viol ?

Pas sur la bouche, de Mireille Darc – 2011 – 52 min.
Diffusion France 3, production JaraProd.
Profession escort girl ou assistante sexuelle : les métiers du sexe aujourd'hui.

Voyage vers l'inconnue, de Mireille Darc –2008– 52 min.
Diffusion France 2, production CB TV.
La mort et ceux qui la côtoient de près : personnel soignant, hommes et femmes en fin de vie.

Vivre d'amour, de Mireille Darc – 2006 – 54 min.
Diffusion France 5, production Miss Luna Films.
La vie religieuse aujourd'hui à travers des sœurs appartenant à trois congrégations différentes.

Une vie classée X, de Mireille Darc – 2005 – 62 min.
Diffusion France 3, production CBTV.
Regards croisés sur des femmes qui ont choisi de devenir actrices de films pornographiques.

Reportages

Les Liserons d'eau, de Mireille Darc – 2006 – 28 min.
« Envoyé spécial », France 2, production CBTV.
Reportage sur la Fondation La Chaîne de l'Espoir et le travail de son président Alain Deloche auprès d'enfants malades du cœur au Cambodge.

L'Ostéoporose, de Mireille Darc – 2005 – Production Capa Entreprises.
Prix des entretiens Bichat.

Une nuit sous les mers, de Mireille Darc – 2004 – présentation Michel Drucker – diffusion France 2.
Reportages sur la vie des sous-mariniers.

Jeunesse éternelle, de Mireille Darc – 2004 – 45 min.
« Envoyé spécial », France 2.
Des hommes et des femmes livrent leurs secrets pour rester jeunes.

De l'ombre à la lumière, de Mireille Darc – 2002.
« Des racines et des ailes », France 3.
Rencontre avec des femmes qui sortent de prison.

Le Doute et l'espérance, de Mireille Darc – 1996.
« Des racines et des ailes », France 3.
Sur le cancer.

Brève Rencontre, de Mireille Darc – 1996.
« Envoyé spécial », France 2.
Rencontre avec des prostituées.

La Deuxième Vie, de Mireille Darc – 1992.
« Envoyé spécial », France 2.
La transplantation d'organes.

Associations

Mireille a aidé à trouver des fonds pour :

L'Institut de cardiologie à l'hôpital Pitié-Salpêtrière – dirigé par le professeur Christian Cabrol.

Le Centre hépatobilaire à l'hôpital Paul-Brousse – dirigé par le professeur Henri Bismuth.

Le professeur Cabrol crée Adicare en 1989, qui devient Plus de Vie. En 2008, Mireille en devient la marraine.

En 2005, Mireille devient la marraine de l'association La Chaîne de l'Espoir.

Dans les années 2000, elle est plusieurs fois la marraine des « Pièces jaunes ».

En 2010, elle visite certains hôpitaux pour la Fondation Hôpitaux de France/Hôpitaux de Paris.

Distinctions

En 2006 : elle est la dixième femme à recevoir le prix Clarins de la « Femme dynamisante ».

En 2014 : Elle reçoit la médaille d'honneur de la Faculté de médecine.

Décorations

Le 17 mars 2006, elle est faite Chevalier de l'ordre national de la Légion d'honneur par le président Jacques Chirac.

En mai 2009, elle est faite Commandeur de l'ordre national du Mérite.

En 2010, elle est faite Commandeur de l'ordre des Arts et Lettres.

En juin 2017, elle est faite Officier de l'ordre national de la Légion d'honneur par Nicolas Sarkozy.

Mireille est également maître Reiki.

REMERCIEMENTS

Je remercie tous ceux qui m'ont offert leur temps et leurs souvenirs pour me parler de Mireille :

Nathalie Amsellem
Christine Couton

Professeur Alain Deloche

Anthony Delon
Marc Dufour
Catherine Enjolet
Olivier de Larue Dargere
Paul Nahon
Élisabeth Noyel
Mariane Peyrefitte
Alain Svoboda
Véronique de Villèle

ses filleules
Anastasia
Léa

Merci aussi aux trois grands photographes et amis de Mireille qui m'ont offert leurs photos :

Francis Giacobetti
Peter Knapp
Richard Melloul

Merci aussi à Steven Masson – son kiné – qui a beaucoup aidé Mireille chaque jour de la semaine et l'a tellement fait rire pendant sa dernière année si difficile.

Merci à Matthieu qui a été son coiffeur et son ami pendant trente ans, qui lui a créé cette coupe devenue mythique et qui l'a toujours faite belle pendant cette année-là aussi.

Bien sûr merci à Dalila, sa femme de chambre, son amie, sa confidente.

Et enfin un grand merci à Patrick Mahé qui m'a présenté Nathalie Fiszman sans qui je n'aurais jamais pu faire ce livre.

Merci à l'amour, merci à la vie, merci au ciel
De m'avoir permis de rencontrer Mireille, d'avoir fait en sorte que nos chemins se croisent.
Depuis, je crois au destin. Ce fut dans ma vie un ange, qui m'a accompagné pendant vingt ans.
Avant de la rencontrer, j'étais comme un aveugle. Elle m'a pris la main, elle m'a guidé…
Elle a empli mon cœur et mon âme. Son amour coulait dans mes veines et me faisait vivre, respirer, grandir, croire et espérer.
Elle était belle, évidemment belle,
Sublime…
Un soleil doux et chaud…
Elle m'a appris l'Amour.

Merci ma Mimi,
Un jour prochain…
Nous nous reverrons,
C'est ce que tu m'as promis.

FSC
www.fsc.org
MIXTE
Papier issu
de sources
responsables
FSC® C112556

Photogravure : Chromostyle
Achevé d'imprimer en juin 2020
sur les presses de DZS Grafik
en Slovénie